Schneeregen schon Anfang Dezember und ein kalter Nordwind, der durch und durch geht. Der Winter scheint sich in Hamburg damit früh anzukündigen. Menschen eilen mit Regenschirmen und dicken Mänteln durch die Stadt. Alle wollen schnell noch etwas erledigen oder nach Hause. Es ist schon später Nachmittag. Feierabend für viele. Am Ende der Hamburger Elbchaussee steht ein kleines, aber wunderschönes Haus mit Jugendstil-Fassade. Das schmiedeeiserne Tor zum Grundstück ist etwa zwei Meter hoch und wird von innen elektrisch betätigt. Sieht man genauer hin, wird man mehrere Kameras entdecken. Der Garten ist großzügig angelegt und sehr gepflegt. In der beginnenden Dämmerung wirbelt der starke Wind eine Menge Laub umher.

Im Haus auf der hinteren Seite mit Blick zur Elbe befindet sich das Herrenzimmer. Ein typisch englisches Zimmer mit aufwendiger, dunkler Holzvertäfelung, dunkelgrüne englische Ledersessel, Jagdszenen auf mehreren großen Ölbildern und eine antiquarische Standuhr, die mit dunklen Glockenschlägen gerade 17 Uhr anzeigt. Der offene Kamin sorgt für wohlige Wärme und der Rauch einer teuren Zigarre aus Kuba erfüllt den Raum. Der alte Herr sitzt auf einen besonders schönen Ledersessel mit hoher Lehne ähnlich einem Ohrensessel. Er liebt die Ruhe. Nur das Knistern des im Kamin brennenden Holzes ist zu hören. Und er liebt den Genuss von teuren kubanischen Zigarren. In wenigen Minuten erwartet er zwei Männer, die ihm berichten werden und mit denen einige Dinge zu besprechen sind.

Zum einen wird Nr. 3 kommen. Ein großer kräftiger Mann, Mitte 40, stets korrekt gekleidet. Der alte Herr kennt auch seinen Namen, aber die anderen in der untergeordneten Organisation sollen seine Identität nicht kennen. Er ist der Verbindungsmann und hat die Aufgabe, für einen reibungslosen Geschäftsgang zwischen den verschiedenen Einheiten mit ihren unterschiedlichen Aufgaben zu sorgen. Der alte Herr hält ihn für absolut loyal. Anders schätzt er den anderen Mann ein, der jetzt auch erwartet wird. Er macht sich Sorgen um seine Zuverlässigkeit. Es geht um Henry Butt. Er leitet einen der Nachtclubs und spricht seit Jahren immer mehr dem Alkohol zu. Noch ehe der Club schließt, ist er oft schon betrunken. Seine Aufgabe war vor etwa 10 Jahren, den Hamburger Zweig zu führen. Das funktionierte einige Jahre gut. Er sollte ursprünglich auch alle drei Nachtclubs leiten und die richtigen Leute einsetzen. Wichtig war, für Ruhe zu sorgen, Skandale zu vermeiden und unauffällig zu bleiben. Nur so konnten alle Geschäfte unbemerkt ablaufen. Das schafft er jetzt nicht mehr. Henry Butt ist

Alkoholiker, inzwischen Ende 50, kugelrund geworden und strahlt mit seine Halbglatze und seinem ständig roten Gesicht nur noch wenig Autorität aus.

Die beiden Männer erscheinen pünktlich, grüßen leise und sitzen schweigend dem alten Herrn direkt gegenüber. Nur das Feuer im Kamin und gelegentlich ein Knarzen der Ledersessel ist zu hören. Alle drei haben jeweils ein Glas guten schottischen Whisky vor sich stehen und warten auf eine Anweisung des älteren Herrn mit der Zigarre, der sich den kurzen Bericht von Nr. 3 ruhig angehört hat. Der alte Herr bläst genüsslich eine kleine Rauchwolke aus, nimmt dann einen Schluck aus dem Whiskyglas und schaut ernst in die Runde. Sein Gesichtsausdruck ist eher nachdenklich. Er streicht seine grauen Haare mit einer Hand etwas zurück und wendet sich den beiden Männern zu:

„Ihr habt einen schlechten Job gemacht. Zwei schwere Fehler. Der Ort war nicht abgeschirmt und die junge Frau konnte fliehen. So etwas darf nicht passieren! Die Frau muss gefunden und ausgeschaltet werden."

Die Stimme hebt sich dabei, wird etwas lauter und schneidender. Die beiden Gäste schweigen. Henry Butt greift nervös zum Glas und man sieht, dass seine Hand leicht zittert. Der ältere Herr mit der Zigarre sieht ihn prüfend an, lehnt sich dann aber wieder in seinem Sessel zurück. Er trägt einen schwarzen Nadelstreifen-Anzug, ein teurer Maßanzug mit perfektem Sitz. Die gold-gestreifte Krawatte mit dunkelroter Grundfarbe ist sorgfältig gebunden und bildet einen schönen Kontrast zum blütenweißen Hemd. Als Nr. 3 das Wort wieder ergreifen will, kommt ihm der ältere Herr zuvor und er sieht dabei Henry Butt an:

„Ich will jetzt keine Erklärungen hören! Ihr wisst was zu tun ist. Ich sage es noch einmal: Das Mädchen muss ohne Spuren verschwinden. Wenn das nicht gelingt, bekommen wir große Probleme und müssten aus der Deckung. Das wäre fürs Geschäft mehr als schädlich."

Die beiden anderen Männer nicken nur und ihnen ist klar, dass der Auftrag an Henry Butt gerichtet war. Henry Butt nimmt nervös noch einen Schluck von dem guten Whisky. Die Männer besprechen dann noch einige organisatorische Dinge, finanzielle Angelegenheiten, die immer neu vereinbart werden müssen. Nach der Besprechung nimmt Henry Butt dann den Alukoffer, der neben der großen stilvollen Standuhr für ihn bereit steht und alle verabschieden sich mit Handzeichen und zustimmenden Nicken.

Der ältere Herr drückt auf einen kleinen vergoldeten Klingelknopf und kurz darauf erscheint ein junges Mädchen, eine zierliche Asiatin, kaum 20 Jahre mit weißer Schürze über ein dunkelblaues Kleid und fragt leise nach den Wünschen. Sie nimmt die leeren Gläser unaufgefordert an sich und wischt mit einem feuchten Tuch den Tisch ab. Ohne sie anzusehen ruft er ihr nur zu:

„Bestell mir ein Taxi."

*

Der kalte Nordwind pfeift immer wieder kurz und hörbar durch die Ritzen eines der alten Fenster im Büro des Detektivs Tobias Alff. Das Büro liegt in der Dorotheenstraße im Erdgeschoss. Eine alte dunkelblaue Tür führt in den Hausflur mit Treppe nach oben. Gleich links ist der Eingang zu seinem Büro. Gegenüber, rechts, befindet sich das Büro von Peter Hansen, einen guten Bekannten, der sich mit einem Hausmeisterservice seit zwei Jahren selbstständig gemacht hat. Alff sitzt mit einer dicken Wolljacke und einen Kaffeebecher in einen gemütlichen Ohrensessel und nascht von den Pralinen, die auf einem kleinen runden Beistelltisch noch in der Originalverpackung vor ihm liegen. Er ist kürzlich 50 geworden. Der Bauchumfang hat sich leider durch die Bequemlichkeit und Nascherei vergrößert. Aber ansonsten ist er von großer stattlicher Gestalt und besitzt noch volles dunkelblondes Haar. Auf dem alten Schreibtisch in der Mitte des Raumes liegen keine Akten oder sonstigen Papiere, nur eine Zeitung von gestern. Seit zwei Wochen ist er wieder als Kaufhausdetektiv tätig. Das ist dann immer eine Art Notmaßnahme, wenn über längere Zeit keine Aufträge eingehen. Ein öder Job. Zwei Diebinnen hat er dabei überführen können. Wie meistens, versuchen sie mit mehr Kleidung in die Umkleide zu gehen und kommen dann mit weniger heraus. Und dann kommt auch das Nachdenken. Lohnt sich sein Job überhaupt noch? Kann man mit 50 noch ganz was Neues anfangen? Und an eine Altersversorgung ist überhaupt nicht zu denken. Wenn er nicht Karin, seine Lebensgefährtin, hätte, wäre die Insolvenz schon lange fällig. Dass er diese Frau gefunden hat, ist für ihn ein Glücksfall. Sie ist fast immer gut gelaunt, optimistisch und denkt in allen Dingen mit. Mit diesen Gedanken greift er wieder zu den Pralinen und schaut auf die Uhr. Es ist kurz nach 17 Uhr. Jeden Moment würde Karin kommen. Sie hat ihn wie so oft schon zum Essen eingeladen.

Als er sich aus dem Schrank im Nebenzimmer, das als kleines Schlafzimmer eingerichtet ist, ein weißes Hemd herausnimmt, klingelt das Telefon. Er hat noch einen Festnetzanschluss mit einem cremefarbenen Endgerät aus den

70er-Jahren. Das wird wohl Karin sein, die eine Verspätung ankündigt, denkt sich Tobias Alff, als er zum Schreibtisch eilt. Er nimmt den Hörer ab und meldet sich aber immer geschäftsmäßig. Am anderen Ende hört er nicht Karins Stimme, sondern die Stimme einer anderen unbekannten Frau:

„Herr Alff! Ich habe Ihre Adresse im Internet gefunden. Meine Tochter ist seit zwei Wochen spurlos verschwunden. Die Polizei ist ratlos und macht nichts. Damit kann ich mich nicht abfinden. Können Sie morgen am frühen Nachmittag zu mir kommen? Ich möchte Sie beauftragen." –

„Ja, ich schaue gerade auf meinen Terminkalender. Das ist zeitlich möglich. Ich komme so um 14 Uhr, wenn es recht ist. Sagen Sie mir nur Ihre Adresse." –

„Hier in Hamburg, Mittelweg 12. Mein Name ist Anna Torres." – „O. k., ich bin pünktlich."

Kurz nach dem Telefonat kommt Karin ins Büro. Den dicken schwarzen Wintermantel öffnet sie nur leicht, weil es ihr auch im Büro zu kalt ist. Auch den Wollschal nimmt sie nicht ab. Alff und sie leben seit 4 Jahren zusammen, seit drei Jahren in ihrer Wohnung und gleichzeitig unterstützt sie ihn bei seiner Arbeit. Glücklicherweise auch dadurch, dass sie immer wieder Mal die Büromiete bezahlt. Die Detektivarbeit macht ihr Spaß und die notwendige Buchhaltung hat sie auch übernommen. Sie hält die Ordnung im Büro aufrecht, mit der Tobias Alff seine Probleme hat. Ihre blonden Haare trägt sie heute offen und Tobias Alff sieht unter ihrem Mantel ein dunkelrotes kurzes Kleid mit Glitzerpartikel. Dazu schwarze Strümpfe und wieder rote High Heels.

„Wo willst Du mich denn heute ausführen?" fragt er lachend und zieht dabei ein weißes Hemd zu seiner guten Jeans an.

„Ich habe einen Tisch für uns im Restaurant des Hotels *Hafen Hamburg* reserviert. Ich dachte, dass wir einfach mal wieder elegant ausgehen sollten." –

„Dann ziehe ich auch mein schwarzes Sakko an und nehme eine Krawatte. Übrigens ist ein neuer Auftrag in Sicht. Morgen um 14 Uhr sind wir beide bei der Auftraggeberin. Ihre Tochter ist spurlos verschwunden. Da solltest Du mitkommen." –

„Ja, das kann ich einrichten", erwidert sie und geht gedanklich ihre Termine durch.

Sie ist Fitnesstrainerin und gibt auch privat für Frauengruppen Kurse. Ihre Zeit kann sie dadurch weitgehend selbst gestalten. Ihr Einkommen reicht allemal, um sich eine schöne Wohnung leisten zu können. Und auch, um gelegentlich Tobias zu unterstützen. Tobias Alff zieht noch einen dunklen Mantel über und beide fahren in Karins roten Golf zum Hotel. Im Restaurant mit Blick über den Hafen essen sie gut zubereiteten Fisch, trinken korrekt temperierten Grauburgunder aus der Pfalz und flirten am Tisch wie Neuverliebte.

„Übrigens" berichtet Karin zwischendurch, „meine Schwester hat uns für den übernächsten Sonnabend zu ihrer Geburtstagsparty eingeladen. Es soll bei ihr diesmal alles stilvoll zugehen. Es gibt sogar einen Dresscode. Abendgarderobe oder zumindest förmlich gekleidet. Sie hofft, dass dann auch der Kunstmaler etwas angemessener gekleidet erscheint und nicht wie zum letzten Sommerfest."

Sie lacht bei dem letzten Gedanken und sieht noch vor Augen, mit welch unmöglicher Kleidung er auf dem

Sommerfest erschienen war. Er ist inzwischen der Lebensgefährte ihrer Mutter.

„Reicht dann, wenn ich dieses Sakko zum weißen Hemd trage?" fragt Tobias und bestellt noch einen Grauburgunder, als eine Service-Kraft an ihrem Tisch vorbeigeht.

„Ja, auf jeden Fall, aber diesmal auch mit Krawatte. Aber was ich anziehe, weiß ich noch nicht. Vielleicht muss ich mir noch ein passendes Kleid kaufen."

Sie gönnen sich noch mehr von dem guten Weißwein und lassen sich am Ende doch lieber mit dem Taxi zu ihrer Wohnung in Altona fahren. Karin hat dort ihre schöne 2 ½ -Zimmer-Wohnung, die sie sehr geschmackvoll eingerichtet hat und seit drei Jahren lebt auch Tobias Alff dort bei ihr.

*

In der Disco „*Frida B.*" in der Friedrichstraße ist am Samstagabend volles Haus. Überwiegend junge Leute tanzen zu Laser-Lichtblitzen und lauter Musik. Die Tanzfläche ist fast überfüllt. Zwei DJ wechseln sich ab und heizen die Tänzer weiter ein. Vor dem Lokal stehen einige kleine Gruppen und rauchen in der Kälte der Nacht. Am Eingang ist ein Kommen und Gehen. Zwei große Männer mit schwarzen Lederjacken, die äußerlich kaum zu den üblichen Gästen passen und auch eher um die 40 sind, drängeln sich durch den Eingang. Sie kommen nicht zum Tanzen. Sie gehen langsam am Rand um die Tanzenden herum und scheinen jemanden zu suchen. Dann kommt der Wechsel der DJ. Immer nach etwa einer Stunde wechseln sich zwei DJ ab und der gerade abgelöste DJ geht durch die Tür, die auch zu den Toiletten führt. Eines der hinteren Räume gegenüber den Toiletten ist dem Personal vorbehalten, wenn die eine

Pause benötigen. Und der DJ geht dort in die zweite Tür rechts. Die beiden Männer mit den Lederjacken folgen ihm und betreten ohne anzuklopfen das Hinterzimmer. Ein schmuckloser Raum, mit zwei kleinen Tischen und unbequemen Holzstühlen, einen 4-fach-Spind und ein Regal mit abgestellten Flaschen und vielen Kartons. Zwei Neonröhren sorgen für kaltes Licht. Eine Tür am Ende des Raumes führt offenbar nach draußen zu einem Hinterhof. Der DJ sitzt dort auf einem der Holzstühle und steckt sich gerade eine Zigarette an. Vor ihm steht eine Flasche Bier auf dem Tisch.

„Hey, hier ist nur für Personal!" giftet er die beiden an.

Die beiden Männer reagieren nicht. Sie stellen sich vor ihm fast drohend hin und einer zeigt dem DJ wortlos das Foto einer jungen Frau mit langen rotblonden Haaren:

16

„War die hier oder ist die heute hier?"

Der junge DJ sieht beide abwechselnd an. Einer der Männer hat ein schiefes Gesicht. Das linke Auge und der linke Mundwinkel hängen ein wenig, die Augenbrauen scheinen zusammengewachsen. Der andere Mann, der noch etwas größer ist, hat einen gefährlich kalten Gesichtsausdruck und sie machen beide den Eindruck, dass eine Diskussion oder gar Rückfragen nicht empfehlenswert sind. Der DJ sieht sich das Foto genauer an.

„Ja, war früher schon mal hier. Aber heute nicht. Hab' ich schon länger nicht gesehen." –

„Hast du eine Idee wo sie sein könnte?" –

„Nein, ich kenne sie ja nicht, nur so vom Sehen, weil sie doch ganz gut aussieht. Nur deshalb ist sie mir aufgefallen."

Die beiden Männer gehen wortlos und suchen an diesem Abend noch vier weitere Discos auf. Aber niemand hat diese junge Frau gesehen oder kennt sie näher. Sie belästigen noch etwas gröber und drohender einige Obdachlose, die nach Leergut suchen oder sich ein Nachtlager am Gehweg einrichten und zeigen ihnen das Foto. Auch einige Junkies werden angesprochen und zwei freche Typen werden hart an eine Wand gedrückt und massiv körperlich bedroht. Aber auch da hat niemand diese junge Frau gesehen.

*

Im *XXL-Club,* der sich auf einem Hinterhof an der Hafenstraße befindet, sind zu Mitternacht noch einige Gäste da. Es sind ältere Männer über 50 eher über 60. Die Wände sind mit rotem Stoff bespannt, bunte und überwiegend rote Strahler schaffen eine eindeutige Atmosphäre, wie sie in solchen Clubs erwartet wird. Ein großes Schild preist einen Badeservice an und ein Foto in einem Glaskasten darunter zeigt einen Mann in einer großen Wanne oder einem Whirlpool. Zwei nackte junge Frauen stehen in der Wanne um ihn herum und spielen mit dem Schaum. Die Musik ist nicht aufdringlich laut. Es wird 70er- und 80er-Rockmusik gespielt. Die Gäste im großen Clubraum schauen den drei nackten Mädels an den Stangen zu, die sich auf einer etwas erhöhten Bühne befinden und sich dabei fast akrobatisch verrenken. An der Bar sind Tamara und Lara, beide mit Strapsen und freien Oberkörper. Tamara ist schon länger dort angestellt und genießt das Vertrauen von Henry Butt, der den Nachtclub seit Jahren leitet. Sie ist mit Anfang 50 noch sehr attraktiv, rot gefärbte lockige Haare und üppige gut geformte Brüste. Lara ist Anfang 20, blonde lange Haare, etwas größer als Tamara, aber sehr dünn mit wenig

Busen. Sie hat ein herbes Gesicht. Sie bringt gerade einem älteren Gast eine Flasche Champagner. Die Rechnung wird weit überhöht sein. Deshalb setzt sich Lara noch als Extra auf seinen Schoß und küsst ihn kurz. Er greift ungeniert an ihre Brüste und lacht triumphierend, greift dann auch zwischen ihre Beine und es ist klar, dass er schon reichlich angetrunken ist.

„Das kostet aber Extra!" flüstert sie ihm ins Ohr.

„Hier, steck schon mal ein!" und er drückt einen Hundert-Euro-Schein in ihren Slip. „Wir gehen nachher nach oben!"

Sie nickt und entzieht sich sanft seinen Händen. An der Bar organisiert sie ihre kurze Abwesenheit und da kommt der Gast ihr schon nach, reichlich angetrunken mit schwankenden Gang. Lara führt ihn die Treppe nach oben. Er ist korrekt gekleidet und macht den Eindruck, über mehr Geldmittel zu verfügen als der Durchschnitt. Das Entkleiden fällt ihm angesichts des Alkoholpegels schwer und Lara hilft ihm dabei. Er legt sich dann nackt auf den Rücken in das breite Bett und zappelt feixend wie ein dicker Käfer, der aus einer unglücklichen Rückenlage nicht hoch kommt. Lara merkt, dass er scheinbar ganz spezielle Wünsche hat. Er kneift sie etwas schmerzhaft und greift hektisch an ihre Brust. Sein Atem geht schnell. Als Lara dann seinen Penis mit geübten Griffen in die Hand nimmt, bleibt der trotzdem weiter schlaff. Der dicke Mann betatscht sie noch gierig und atmet nun schwer. Dann macht er plötzlich schlapp, sinkt auf das breite Bett zurück und Lara wartet einen Moment. Der Alkoholkonsum lässt den Mann unvermittelt einschlafen.

Henry Butt ist in diesem Moment eingetroffen. Man sieht ihm an, dass er ziemlich angetrunken ist. Er gibt an der Bar ein Zeichen und Tamara weiß, dass er jetzt Bier braucht. Er zieht seine Lederjacke aus und wirft sie über einen Hocker neben dem Tresen. Sein blau gestreiftes Hemd ist im Achselbereich und auch am Hals durchgeschwitzt. Es riecht bereits unangenehm. Die breiten Hosenträger sind zu stramm eingestellt und ziehen seine weite und ausgewaschene Jeans hoch über den dicken kugelrunden Bauch. Er wirkt angespannt. Tamara schenkt ihm zusätzlich zum Bier noch Wodka in ein Glas ein. Er stützt sich mit den Armen auf den Tresen und trinkt im Nu das große Glas Bier aus. Dann wird er ruhiger und winkt Tamara zu sich, die schon am anderen Ende des Tresens Gläser aus der Spülmaschine nimmt.

„Nochmal Tamara! Denk nach! Was hat Marco über andere Freunde oder Angehörige gesagt. Oder über frühere Mädchen oder was er sonst noch so macht."

Tamara überlegt und schüttelt dezent den Kopf.

„Nein, mir fällt da nichts weiter ein. Er war ja immer nett und offen, aber Privates … auch nicht angedeutet. Er hat sich hier auch nicht wieder gemeldet. Was ist denn mit ihm los?" –

„Wir suchen ihn und vor allem seine neue Freundin. Das ist sehr ernst. Besser, wenn du davon nichts gehört hast."

Tamara nickt nur. Von oben kommt Lara wieder an die Bar. „Er ist eigeschlafen", sagt sie mit einem ironischen Unterton zu Tamara.

„Ich mach schon mal die Rechnung für ihn fertig. Weck ihn in einer Stunde", erwidert Tamara und greift einen nicht bedruckten Schreibblock.

Der Chef sieht zu Lara und winkt sie zu sich: „Komm' kurz mit!"

Beide gehen in ein Hinterzimmer für Personal. Sie sind dort allein. Und Lara ist nervös. Sie befürchtet, dass es um die Auseinandersetzung vor drei Tagen geht. Da war Henry Butt schon sehr angetrunken und schlug ihr mehrmals ins Gesicht und schrie sie an, weil sie seinen Anweisungen widersprochen hatte. Lara schlug dabei reflexartig zurück, erschrak aber über ihre Reaktion, blieb aber vor ihm stehen. Henry Butt war außer sich, schrie laut herum, konnte sich aber angetrunken wie er war kaum auf den Beinen halten und als er wieder zuschlagen wollte, schubste Lara ihn nur etwas zurück und der kleine rundliche Mann musste sich an einem Stuhl festhalten, um nicht umzufallen. Zum

Glück kam dann Tamara dazu und stellte sich dazwischen.

Aber Henry Butt wollte jetzt etwas anderes.

„Lara! Wir suchen Marco. Denk nach! Hat er mal irgendetwas zu dir gesagt über Freunde, Freizeit usw.? Hat er etwas über seine neue Freundin gesagt?" –

„Ich dachte einmal, dass er was von mir will. Ich hätte nicht Nein gesagt. Aber dann hatte er die neue Freundin. Er hat mich dann richtig abblitzen lassen. Wir haben dann eine Weile nicht miteinander geredet. Und dann war er ja auch schon nicht mehr hier. Mehr weiß ich nicht."

Der Chef gibt ihr ein eindeutiges Handzeichen. Sie geht daraufhin sofort wieder an die Bar zurück und Tamara kommt ins Hinterzimmer. Sie bringt den

Wodka mit, den Henry Butt auf dem Tresen stehen gelassen hat.

Eine Stunde später wird der ältere Gast oben geweckt. Er liegt nackt und schnarchend auf dem Rücken. Tamara kommt herauf und klatscht laut in die Hände: „Wir schließen gleich!" Der dicke Mann schreckt auf und kommt ächzend hoch. Er zieht sich sehr langsam und wenig geordnet an. Unsicher auf den Beinen kommt er die Treppe herunter. An der Bar erhält er die handgeschriebene Rechnung präsentiert: 1.500 Euro für 2 Flaschen Schampus, mehrere Schnäpse und zwei Dienste. Dabei stimmt es nicht. Nur einmal hat er Sex verlangt und das hat kaum begonnen, da war es schon beendet. Er protestiert deswegen laut und Tamara erzählt ihm, dass noch diverse kostenpflichtige sexuelle Annäherungen dabei waren und hier zum Sonderpreis aufaddiert wurden. Der dicke Mann wird noch lauter und streitet fast alles ab, was auf dieser Rechnung steht. Er will höchstens 200 Euro zahlen. Es wird so laut, dass von hinten der Türsteher Fiete kommt und ihm die Rechnung bestätigt. Fiete sieht mit seinem schiefen Gesicht unheimlich aus und lässt auch keine Widerrede zu. Er stellt sich drohend vor den dicklichen Mann. Der Gast ist dann doch von der Rechnung überzeugt und zahlt bar 500 Euro, gibt Fiete auf Verlangen eine Kreditkarte, damit er vom Automaten, der nur um zwei Ecken weiter zu finden ist, die restlichen 1.000 Euro ziehen kann. Der Gast muss warten und sieht ungeduldig auf seine Uhr. Fiete kommt schnell zurück, gibt ihm die Kreditkarte und begleitet ihn zur Tür. Der dicke Mann torkelt angetrunken in die Nacht.

*

Tobias Alff zieht sich Auftraggebern gegenüber immer etwas förmlicher an.

Eine gute Stoffhose, weißes oder blaues Hemd und dunkelblaues Sakko. Karin hat dieselbe Einstellung. Sie hat eine enge Marken-Jeans, weiße Bluse und auch ein Sakko angezogen. Wegen der Witterung – und es regnet wieder bei kaltem Nordwind – haben beide einen dunklen Wintermantel an. So erscheinen sie bei Familie Torres im Mittelweg Nr. 12. Eine schöne alte Stadtvilla, weiß mit viel Zierrat und eine dunkelblaue verzierte breite Haustür mit schönen Messingbeschlägen. Frau Torres öffnet. Sie ist Mitte 40, sieht jünger aus, dunkelblonde mittellange Haare, die sie offen trägt. In einem knielangen königsblauen Hauskleid führt sie die beiden Gäste durch den geräumigen Eingangsbereich mit geschwungener Treppe nach oben in ein großes Wohnzimmer. Karin sieht sofort, dass Frau Torres teuren Goldschmuck trägt. Mehrere Ringe, einen Armreif und eine Halskette. Alles wirkt teuer und elegant.

Weiß ist überall die Hauptfarbe, wodurch sich die alten teilweise antiquarischen Möbel sehr schön hervorheben. Sie bittet Platz zu nehmen und beide setzen sich auf eine lachsfarbene Couch. Auf Nachfrage bitten sie nur um Mineralwasser. Frau Torres setzt sich gegenüber in einen ebenfalls lachsfarbenen Sessel. Inzwischen sind auch der Ehemann und eine Tochter erschienen.

„Darf ich zunächst vorstellen. Mein Ehemann, Lorenzo Torres und unsere Tochter Mia. Unser Sohn Matteo ist heute nicht da. Er ist 14 und mit einem Schulfreund unterwegs. Ja, kommen wir gleich zur Sache. Es geht um meine Tochter Marie, die ich in die Ehe eingebracht habe. Sie ist 19 geworden und seit zwei Wochen spurlos verschwunden ohne Nachricht ohne ein Wort."

Frau Torres kommen die Tränen. Sie muss kurz unterbrechen.

„Die Polizei ist eingeschaltet. Die haben aber keine Spur oder Idee, wo sie suchen sollten. Ich möchte nichts unversucht lassen und habe Sie deshalb angerufen und gebe Ihnen hiermit den Auftrag, meine Tochter zu suchen."

Frau Torres bricht jetzt richtig in Tränen aus und ihr Ehemann reicht ihr ein Papiertaschentuch. Herr Torres scheint Mitte 50 zu sein, schlank, nicht besonders groß, leicht angegraute Haare, gekleidet mit guter Schurwollhose und weißen Hemd. Goldene Manschettenknöpfe zieren seine Ärmelenden und einige goldene Ringe seine Finger. Er wirkt beherrscht, zeigt keine Regung während seine Frau den Fall erzählt. Bisher stand er hinter seiner Frau, jetzt setzt er sich in einen der anderen Sessel.

„Herr Alff! Ich glaube nicht, dass Sie mehr erreichen als die Polizei. Aber meiner Frau zu Liebe sollen Sie den Auftrag erhalten. Ihr übliches Honorar zahle ich Ihnen gern, auch einen Vorschuss heute noch. Wir haben ja selbst nichts unversucht gelassen, die Tochter meiner Frau zu finden. Wie wollen Sie vorgehen?" –

„Also üblicherweise suchen wir nach Hinweisen in den privaten Sachen. Gibt es Fotos, die eine Spur sein könnten, gibt es Briefe, E-Mails usw. oder wissen Freundinnen und auch Zufallsbekannte mehr. Wir würden also gern uns zuerst im Zimmer Ihrer Tochter umsehen."

Frau Torres nickt und hat sich wieder gefangen und sieht ihren Ehemann irgendwie fragend an. Karin merkt, dass sie offenbar ihrem Ehemann völlig gehorsam ist. Ihre Unsicherheit ist fast greifbar.

„Lorenzo und später die Polizei haben schon das Zimmer gründlich untersucht und nichts gefunden, dass uns weiterhilft. Aber Sie sollen das Zimmer gern selbst untersuchen. Wir bringen Sie nach oben und lassen Ihnen Zeit."

Karin hat bei dem Gespräch alle genau beobachtet. Sie hatte schon oft in den Gesichtern und im Verhalten mehr gesehen als Tobias. Frau Torres war ganz offensichtlich voller Sorge und Verzweiflung. Ihr Ehemann, der nicht der richtige Vater ist, erscheint ihr eher etwas zu unbeteiligt. Er hält den Auftrag im Grunde für überflüssig. Und die Betonung „die Tochter meiner Frau" deutet doch auf einen gewissen emotionalen Abstand hin. Dem Namen nach ist er Italiener und damit bekanntermaßen wie viele Italiener auf Familie bedacht. Aber eben auf seine Familie. Und die Tochter Mia saß die ganze Zeit wie unbeteiligt geradezu gelangweilt daneben und hat nur auf ihr Smartphone gesehen. Sie scheint ihre Halbschwester nicht zu vermissen.

Im Obergeschoss werden Karin und Tobias in das Zimmer von Marie geführt. Ein geräumiges Zimmer und für eine 19jährige junge Frau noch mit zu viel jugendlichen Ausschmückungen. Auf einem Sofa sitzen diverse Puppen und Stofftiere, an der Wand Poster mit Stars aus dem Sportbereich. Der kleine Schreibtisch wirkt wie ein Kinderschreibtisch. Ein schön verzierter weißer Schminktisch mit Spiegel trifft schon eher das Alter der Tochter. Karin setzt sich zuerst an den Schreibtisch und durchsucht die Schubladen. Der wenige Inhalt gibt keine Hinweise. Tobias fotografiert die Wände, die Einrichtung und die Stecktafel mit den vielen Fotos. Es gibt aber im Zimmer weder ein PC oder Laptop auch kein Zubehör, das auf solche Geräte hätte schließen können.

Die wenigen Bücher im Regal sind teilweise noch Jugendbücher, zum Teil Bücher über Leichtathletik – offenbar ein besonderes Interesse der Marie – und einige Schulbücher. Karin prüft auch, ob sich in den Büchern lose Zettel befinden. Ein beliebtes Versteck für Geheimnisse. Aber es findet sich nichts. Karin betrachtet dann sorgfältig die vielen Fotos an der Stecktafel über dem Schreibtisch. Familienfotos von früheren Urlaubsaktivitäten mit Abbildungen von Marie als sie noch Kind war. Auch Familienfeiern, meist ohne Marie und ältere Fotos von Marie aus Kindheitstagen. Einige ausgeschnittene Fotos aus Zeitschriften, die Frisuren oder Kleidung anpreisen und zwei Fotos mit Schäferhunden. Karin findet die Auswahl merkwürdig. Kein aktuelles Foto oder von Freundinnen oder Partys. Tobias macht noch einige Fotos von der Gesamtansicht und einige aus der Nähe. Im Kleiderschrank findet Karin einen leeren Rucksack und sonst nur Alltagskleidung, keine für Partys oder festliche Angelegenheiten. War sie in der Familie Außenseiter, das schwarze Schaf oder hat sie sich selbst auf Abstand gehalten? Weder unter der Matratze noch hinter oder unter den Schreibtisch- und Kommodenschubladen finden sich Zettel oder Gegenstände. Karin gewinnt den Eindruck, dass sich Marie hier nicht wirklich zuhause gefühlt haben kann.

Das Zimmer nebenan gehört Mia. Karin klopft an und wird herein gebeten. Mia sitzt auf einem roten Sofa und liest gerade Comics. Das Zimmer ist genauso groß wie das von Marie, aber mit teuren Möbeln aus Buchenholz eingerichtet. Vor dem Fenster steht ein Stuhl mit Notenständer davor. Ein Cello liegt seitlich auf dem Boden. Alles wirkt aufgeräumt.

„Du sag mal, hatte Marie keine Freundinnen? Oder einen festen Freund?

Und in welche Disco ging sie üblicherweise?" –

„Keine Ahnung! Die war ja immer für sich. Es ist ja auch nur meine Halbschwester. Ich glaube, meistens ging sie ins *Frida B.* Jedenfalls hatte sie damit einige Male angegeben, weil ich da noch nicht rein darf." –

„Habt ihr euch nicht so gut verstanden?" –

„Na ja, Streit hatten wir selten. Sie war mir einfach egal. Wir hatten einfach keine Gemeinsamkeiten." –

„Ich habe überhaupt keinen Laptop gefunden. Hatte sie sowas nicht?" –

Da schaut Mia zum ersten Mal hoch. Sie wirkt auf Karin hochnäsig und verwöhnt. Sie ist die Prinzessin ihres Vaters und nicht etwa Marie.

„Doch, hatte sie natürlich. Dann hat sie das wohl alles mitgenommen." –

„Hast Du noch Fotos vom Urlaub oder Feiern mit Marie? Oder ganz neue Fotos mit Freundinnen? An der Fotowand findet sich ja kein solches Foto, was ich ganz komisch finde." –

„Ja sicher, aber nur auf dem Smartphone." –

„Kannst Du mir die mal auf mein Handy schicken? Das würde uns vielleicht helfen, eine Spur zu finden. Es genügen die letzten Fotos aus diesem Jahr."

Karin gibt ihr eine Visitenkarte und schreibt ihre E-Mail-Anschrift auf die Rückseite. Mia nimmt die Karte wortlos und nickt nur beiläufig und nimmt wieder ihr Comic-Heft zur Hand.

Unten im Haus ist jetzt nur noch Frau Torres anwesend. Der Ehemann hat das Haus verlassen. Karin fragt auch sie nochmal nach dem Laptop.

„Ja, sie hatte auch sowas. Das ist aber auch weg. Das haben wir, das heißt mein Mann sofort gemerkt, als er als Erster nach Spuren in ihrem Zimmer gesucht hatte." –

„Sind Ihnen Freunde von Marie bekannt? Machte sie irgendwo Sport? Sie scheint sich ja für Leichtathletik interessiert zu haben." –

„Marie war sehr verschlossen. Sie fühlte sich von meinem Mann nicht wirklich angenommen. Seit gut zwei Jahren hat sie ihr eigenes Ding gemacht und uns nie eingeweiht. Sie hat auch mir nicht mehr so richtig getraut. Ich kann mir das überhaupt nicht erklären. Sie war in einem Sportverein. Das weiß ich, weil sie oft mit Sportsachen das Haus verließ. Sie ist dann mit dem Fahrrad gefahren. Ich weiß aber nicht wohin."

Tobias bittet Frau Torres noch um ein oder zwei Fotos von Marie. Sie sucht daraufhin in ihrem Smartphone und findet nur ein einziges Foto. Sie sendet es an Tobias Alff. Karin legt ihr nun ein Auftragsformular vor und füllt es mit ihr gemeinsam aus. Beim Abschied kommen Frau Torres noch einmal die Tränen und Karin versichert ihr, dass sie wirklich auf die Suche gehen und zwar anders als es die Polizei macht.

Im Büro angekommen durchdenken Tobias und Karin alle ihre Beobachtungen. Karin findet es seltsam, dass niemand so richtig Fotos von Marie im Smartphone hat. Die Mutter fand ein einziges Foto. Mia hat vielleicht etwas mehr, aber auf der Steckwand gab es nur völlig aussagelose Fotos. Völlig unnatürlich. Karin lädt während des Gespräches alle Fotos, die Tobias gemacht hat, auf den Laptop im Büro hoch. Sie schaut sich die Fotos immer wieder an. Dann plötzlich ruft sie Tobias dazu.

„Sieh dir das mal genau an. Auf der Stecktafel mit den vielen Fotos sind alle Bilder immer etwas überlagert angeheftet. Wie ein System. Und hier, fast in der Mitte, stimmt es nicht mehr. Da muss noch ein Foto gewesen sein, das jetzt fehlt. Entweder hat Marie alles getan, um ihre Spuren zu verwischen oder jemand anderes hat Spuren vernichtet. Vielleicht sind sogar Fotos ausgetauscht worden. Ich glaube, da stimmt was nicht."

Tobias nickt. Aus einem bestimmten Abstand kann man eine Art Asymmetrie der Fotoanordnungen erkennen.

„Wir sollten auf jeden Fall Kontakt mit der Polizei aufnehmen. Vielleicht wissen die etwas mehr als uns dort gezeigt wurde", meint Tobias.

Er ist dort seit Jahren mit einem älteren Kommissar befreundet. Der ist immer bereit, ihm Hinweise zu geben, notfalls unter der Hand.

*

Noch am selben Abend schaut sich Mia ihre Fotos auf dem Smartphone an. Sie ist nicht geneigt, der Detektivin zu helfen. Wenn ihre Halbschwester weg ist, kann es nur besser werden. Marie passte einfach nicht in die Familie. Außerdem soll sie ein nichteheliches Kind aus der Zeit vor der Ehe mit einem unbekannten Vater sein. Das hat ihr jedenfalls vor gar nicht langer Zeit ihr Vater erzählt. Sie lacht immer wieder kurz auf, wenn sie die vielen Fotos betrachtet. Dann kommt ihr ein Gedanke, als sie gerade ein ganz bestimmtes Foto sieht. Da gebärdet sich ihre Halbschwester so doof, dass das die Detektive ruhig sehen sollen. Das war vor drei Monaten. Da hat Mia Marie mit einem Freund erwischt, als der sie nach Hause begleitete. Damit das Foto unbrauchbar wird, hatte Marie eine hässliche Fratze gezogen und die Zunge rausgestreckt. Aber Mia hat das Foto trotzdem nicht gelöscht und nur das eine Foto schickt sie nun an Karin, kommentarlos.

Mit ihrem Bruder Matteo versteht sich Mia allerdings gut. Sie unternehmen oft etwas gemeinsam und beide finden Marie sowieso doof. Matteo wird vom Vater auch oft auf Geschäftsreisen mitgenommen und ist sehr stolz darauf.

Abends erscheint Lorenzo Torres wieder zu Hause und als alle zusammensitzen bestimmt er:

„Diesen beiden Detektiven gebe ich 3 Monate Zeit zum Suchen. Wenn die dann keine Spur haben, beende ich das Auftragsverhältnis. Das ist dann nur noch Geldverschwendung." –

„Die beiden waren aber sehr sorgfältig und engagiert, hatte ich jedenfalls den Eindruck", gab die Ehefrau zu bedenken.

„Mich haben die auch gefragt", erzählte Mia beiläufig.

„Dazu hätten die aber meine Genehmigung gebraucht!" entrüstet sich Herr Torres.

Frau Torres serviert eilig die zuvor gewünschten Getränke, um das Thema zu beenden. Sie kann sich gegen ihren Ehemann nicht durchsetzen. Sie konnte es noch nie. Er ist sehr fürsorglich, aber auch ein absoluter Macho, der Widerspruch nicht gern hat.

*

Am Tag darauf hat sich der Regen wieder in Schneeregen verwandelt und es ist noch kälter geworden. Kein Tag um vor die Tür zu gehen. Sie stehen spät auf. Am Frühstückstisch plant Karin schon die nächsten Schritte. Ihr geht diese Familie nicht aus dem Kopf. Da stimmt was nicht.

„Erstens müssen wir in der Disco *Frieda B.* die DJ befragen, ob die weitere Freunde von Marie kennen. Sie ist mit dem Fahrrad zu einem Sportverein gefahren, die auch Leichtathletik im Programm haben. Das könnte noch im Umfeld von einer Stunde Fahrt gelegen haben. Du könntest mit der Polizei sprechen. Wir müssen doch ihr persönliches Umfeld herausbekommen. Da wird uns doch was vorenthalten. Da wette ich drauf."

Tobias nickt eifrig, da er gerade einen größeren Bissen von seinem Brötchen genommen hat. Er ist überzeugt, dass die beiden anderen Kinder mehr wissen. Vielleicht könnte Karin Mia auf dem Schulweg abfangen. Karin nimmt gerade ihr Smartphone nach Aufladen an sich und sieht nun, dass Mia was geschickt hat. Sie zeigt es Tobias. Das muss der

Freund gewesen sein. Karin überträgt das Foto auf den PC und schneidet Marie weg, die ja eine unschöne Fratze zieht. Genauso macht sie es auf ihrem Smartphone, so dass nur der Freund gut und groß zu erkennen ist.

Im Büro sucht Tobias nach Sportvereinen in der Nähe des Wohnortes, aber auch im ganzen Bereich Hamburg. Karin fragt bei Frau Torres nach, auf welche Schule Mia und Matteo gehen.

„Ohne Genehmigung meines Mannes dürfen Sie die Kinder nicht befragen!" erwähnt Frau Torres dabei und wirkt mit ihrer Stimme unsicher.

„Es geht doch um ihre Tochter! Wir haben den Eindruck, dass vor allem Mia mehr weiß und dort vielleicht eine Spur zu entdecken ist." –

„Ja, machen Sie das. Ich weiß dann von nichts." Frau Torres klingt nun etwas verzweifelt, nennt die Schule und Karin hört heraus, dass sie wohl total unter der Fuchtel ihres Mannes steht. In Karin steigert sich ihre Abneigung gegen diesen Lorenzo Torres. Sie kann solche Männer überhaupt nicht leiden.

Tobias Alff klappert in den nächsten drei Tagen alle Sportvereine ab, die per Fahrrad vom Mittelweg aus noch innerhalb einer Stunde erreichbar sind. Dabei lässt er sich von Karin überreden, trotz des Wetters selbst das Fahrrad zu nehmen. Er sollte ohnehin etwas mehr Sport treiben. Jedenfalls lag Karin ihn schon lange damit in den Ohren. Also fährt er bei Regen und Wind durch die Stadt. Nirgends kennt man die junge Frau. Beim vorletzten Verein auf seiner Liste, ein Verein in Langenhorn, der nur für Frauen zugänglich ist, hat er endlich Erfolg. Die Dame am Empfangstresen mit sehr kurzen Haaren, offenbar auch eine aktive Sportlerin mit erkennbar durchtrainiertem Körper, den sie in knapper Sportkleidung präsentiert, ist von Männerbesuch offensichtlich nicht begeistert. Sie sieht ihn mit etwas abweisender Miene an.

„Hier ist nur für Frauen Zutritt", belehrt sie ihn streng und stellt sich vor ihm hin.

Tobias Alff stellt sich vor, übergibt eine Visitenkarte und zeigt ihr das Foto von Marie. Sie wird daraufhin zugänglicher, nickt und erkennt Marie darauf.

„Ja, die war oft hier. Sie ist Mitglied und sehr talentiert. Aber viel mehr weiß ich nicht. Wir sind über private Dinge kaum ins Gespräch gekommen." –

„Kam sie immer allein?" –

„Ja, sie war Einzelgängerin. Und auch hier suchte sie keine Bekanntschaften, nahm sogar an Feiern keinen Anteil und war nach dem Training gleich wieder weg."

Tobias spürt etwas Abweisendes in den Antworten. Die kommen zu schnell. Er verabschiedet sich dankend und fährt mit dem Fahrrad durch strömenden Schneeregen zurück in sein Büro.

*

Karin verpasst Mia zweimal bei ihrer Schule. Am 3. Tag trifft sie Mia dann. Mia ist total überrascht und zieht ihren Schal enger. Sie hat wenig Lust, jetzt bei dem Regen stehen zu bleiben. Ihre Mimik ist dazu eindeutig.

„Na, ist das Foto angekommen?" Sie lacht dabei schadenfroh und sieht sich zu den anderen herauslaufenden Schülern um.

„Ja, danke. Kennst du den Freund auf dem Bild?" –

„Nein, nur das eine Mal gesehen." –

„Mir ist aufgefallen, dass auf der Stecktafel fast in der Mitte mindestens ein Foto fehlt. Hier, ich zeig dir das auf mein Handy." Karin sucht eine gute Gesamtansicht und zeigt es Mia:

„Was war da für ein Foto? Und überhaupt, waren da nur diese Familienfotos oder war da auch was anderes?"

Mia sieht sich das Bild interessiert an und nickt zustimmend:

„Da war ein Foto. Ich hab' das nie aus der Nähe betrachtet, aber irgendwie war da ein roter Hintergrund, rote Lichter oder eine Bar und ein Typ davor. Vielleicht war das derselbe, den ich fotografiert habe. Ich hatte da nur vor einigen Wochen zufällig hingesehen, weil ich in ihrem Zimmer etwas suchte, was mir gehört. Das Foto hat sie bestimmt mitgenommen."

Karin bedankt sich bei Mia und vermeidet aber, die Auskunft als wichtig zu bezeichnen.

*

Am Freitag der Woche ist das Wetter etwas besser geworden und vor allem milder. Karin hat den ganzen Tag über Trainingskurse und kommt erst um 18 Uhr zu Hause an. Sie zieht ihre Sachen aus und geht zuerst unter die Dusche. Beim Abtrocknen schaut sie von der offenen Badezimmertür quer durch den kleinen Flur zu Tobias, der mit einem Kaffeebecher in einem der kleinen Sessel sitzt. Sie wollen spät am Abend die Disco *Frieda B.* aufsuchen.

„Wenn wir in die Disco gehen, ist es besser, wenn ich den DJ befrage. Das ist doch ein Schuppen nur für junge Leute."

Sie ist der Meinung, dass Tobias als Gast dort zu alt ist. Tobias zieht die Augenbrauen hoch. Zu alt? Ja, das ist eine Disco für junge Leute, belehrt ihn Karin nochmal. Sie selbst könnte noch leicht für Mitte 20 geschätzt werden, obwohl sie auch schon 35 ist. Sie einigen sich darauf, dass Karin den DJ befragt und Tobias im Eingangsbereich alles beobachtet.

Karin zieht dazu einen schwarzen Minirock an und ein schwarzes Oberteil in Form eines Tshirts, aber mit weiten runden Ausschnitt vorn und ohne BH, den sie eigentlich immer weglässt. Die Konturen ihrer Brüste sind unter dem Oberteil gut zu erkennen. Ihre blonden Haare trägt sie offen und Tobias staunt, wie gut und geradezu jugendlich sie aussieht. Er trägt Jeans und ein schwarzes Sweatshirt. Um 22 Uhr fahren sie zu dieser Disco. Schon am Eingang ist es laut und kleine Gruppen stehen auf dem Bürgersteig mit Getränkeflaschen in den Händen und die meisten rauchen. Drinnen ist es proppevoll, die Musik ist unerträglich laut und die Tanzfläche von grellen Laser-Lichtblitzen durchleuchtet. Das Licht flackert wild. Das alles ist nicht

Tobias Geschmack. Lange kann er das nicht aushalten. Karin tanzt zuerst wie alle mehr oder weniger allein auf der Tanzfläche. Bald drehen sich erste junge Männer ihr zu und nehmen ihren Tanz auf. Es dauert noch fast eine Stunde bis der nächste DJ-Wechsel kommt. Tobias sieht schon ungeduldig auf die Uhr. Endlich! Der bisherige DJ verlässt seinen erhöhten Stand und läuft nach hinten, wo es zu den Toiletten geht. Karin folgt ihm. Sie muss sich durch die Menge junger Leute, die jetzt mit ihren Getränken überall im Weg stehen, durchdrängeln. Sie sieht gerade noch, dass der DJ gegenüber der Toiletten durch eine Tür geht. Er sitzt in einem Hinterzimmer, raucht und trinkt ein Bier. Er ist auffallend dünn, die Haare sind eher ungepflegt irgendwie zur Seite gelegt. Zutritt nur für Personal, steht an der Tür. Sie geht aber einfach hinein und der DJ sieht sie etwas überrascht, aber auch genervt an:

„Was ist? Hier brauche ich mal meine Ruhe."

Aber er wirft sie nicht raus, sondern sieht sie interessiert an. Karin kommt näher. Sie setzt sich neben ihm auf eines der unbequemen Holzstühle und er betrachtet sie jetzt etwas freundlicher zumal er ihren wippenden Busen schon deutlich wahrgenommen hat. Wer wirft schon eine so schöne Frau einfach raus? Karin nimmt ihr Smartphone und zeigt Fotos von Marie und von dem Freund.

„Kennst du die beiden? War die hier öfter zum Tanzen?"

Der DJ trägt eine Art Jogginghose und ein gelbes Tshirt mit Aufdruck „House / Rapp / R&B". Er steckt sich zuerst eine neue Zigarette an und pustet eine Rauchwolke gegen Karin aus.

„Das wollten letzte Woche zwei komische Typen auch schon wissen. Was wollt ihr denn von ihm?" –

„Die Frau, die heißt Marie, ist seit 2 Wochen spurlos verschwunden. Ich bin ihre Halbschwester und mache mir große Sorgen. Und der Typ hier ist wohl ein neuer Freund, den ich aber nicht kenne. Kennst du ihn vielleicht?"

Der DJ zieht wieder an seiner Zigarette und schaut sich die Bilder nochmal genau an.

„Also, diese Marie kenne ich nur vom Sehen. Die war häufiger hier. Jetzt aber länger nicht mehr. Und der Typ hier. Das ist Marco. Der ist lange sozusagen Stammkunde hier. Habe ich auch eine Weile nicht gesehen. Wir trinken hier mal ein Bier zusammen, ist ein netter Typ, aber ich kenne nur seinen Vornamen. Alles andere ist hier ja auch unwichtig." –

Karin spürt, dass er irgendwie ausweicht und wohl tatsächlich mehr weiß. Er sieht dann etwas ungeduldig auf seine Uhr.

„Hat dieser Marco früher Mal eine andere Freundin gehabt, die hier auch oft kommt?" –

„Ja, warte. Das war so eine kleine mit ganz schwarzen Haaren. Ja, Nora heißt die. Jetzt fällt mir das ein. Die ist heute auch hier." –

„Kannst du mir diese Nora kurz zeigen. Ist die auf der Tanzfläche?" –

„Ja, das ist so eine Tanzmaus. Total verrückt."

Der DJ geht kurz mit zur Tanzfläche und sieht sich eine Weile suchend um. Dann zeigt er auf die Tänzerin mit lockigen pechschwarzen Haaren und dunkelroten Kleid ganz am Rand der Tanzfläche. Sie tanzt wild und auffällig. Karin bedankt sich und geht näher an Nora heran. Sie tanzt eine Weile in ihrer Nähe mit und wartet bis sie eine Pause machen will. Das dauert, aber dann geht sie zur Bar und bestellt sich eine große Cola. Karin folgt ihr und spricht sie an.

„Hi, ich bin Karin und suche Marco. Du warst doch Mal mit ihm zusammen." –

„Ja, das ist einige Monate her, aber es lief nicht gut. Er hatte immer wieder keine Zeit, weil er in seinem Club dauernd Dienst hatte. Er hat mich auch dauernd angelogen." –

„Welchen Club meinst du denn?" –

„Waren da noch mehrere? Dann verstehe ich diesen Lügner noch besser! Ich weiß nur vom *XXL-Club*, so eine Art Edel-Bordell in der Hafenstraße. Da ist er Barkeeper. Da war er ganz stolz drauf. Ich habe ihn aber auch lange nicht gesehen. Er war oft hier zuletzt mit so einer eingebildeten Tussi, die sich für was Besseres hielt." –

„Weiß du wo er wohnt? Und seinen richtigen Nachnamen? Mir hat er früher zwei verschiedene genannt."

Karin war schon immer bei solchen Ausfragungen clever. Und auch hier denkt sie sich spontan einige Dinge aus, um diese Nora zum Reden zu bringen. Nora nimmt einen großen Schluck aus ihrer Cola-Flasche.

„Was willst du denn von ihm?" Nora ist etwas skeptisch und sieht Karin jetzt direkt an.

„Ich bekomme noch Geld von ihm, 500 Euro hatte ich ihm geliehen und jetzt macht er sich vom Acker. Deswegen wäre ich schon froh, wenn ich weiß wo er wohnt." -

„Ich war nur einmal bei ihm. Er wohnt in dem Grindel-Hochhaus. Wie er richtig heißt, weiß ich nicht. Am Türschild stand, warte mal, ich glaube Thomsen oder so ähnlich. Aber Geld hätte ich ihm ja nie geliehen. Das macht doch nur Ärger."

Karin dankt ihr kurz und sucht Tobias am Ausgang. Er steht da noch und ist erleichtert, sie endlich zu sehen. Beide verlassen die Disco und Tobias ist froh, der lauten Hölle entkommen zu sein. Im Auto erzählt Karin von ihren Ermittlungsergebnissen. Auf dem Rückweg machen beide noch einen Umweg über die Hafenstraße, um nach dem *XXL-Club* zu suchen. Sie finden den Club aber nicht und fahren jetzt ins Büro zurück. Karin macht für sich und Tobias zuerst einen Kaffee. Aus dem Nebenzimmer holt sie sich eine schwarze Strickjacke, denn im Büro ist es ihr nicht warm genug.

„Dieser Club ist wahrscheinlich bewusst unauffällig und nur für geladene Gäste", mutmaßt Tobias.

Er sucht dann im Internet danach und findet auch dort nichts. Aber mit der Suchfunktion „Nachtclubs Hamburg" findet er dann doch einen spärlichen Hinweis mit Telefonnummer und einem Werbetext: *Für Kenner nur die schönsten Mädchen in gediegener Atmosphäre.*

Es ist sehr spät geworden und beide übernachten im Büro. Im Nebenraum gibt es eine Schlafcouch, die man zu einem breiten Bett ausziehen kann. Wenn es spät wird im Büro, übernachten sie immer dort.

*

Am nächsten Morgen holt Karin vom Bäcker um die Ecke Brötchen und Aufschnitt. Sie frühstücken am Schreibtisch im Büro und sofort ist ihr neuer Fall Thema. Tobias fährt den PC wieder hoch und findet im Internet die Hinweise zum *XXL-Club* wieder.

Während beide gemeinsam auf den Bildschirm mit dem im Internet gefundenen Hinweis schauen, meldet sich das Telefon. Tobias nimmt das Gespräch an. Es ist Karins Mutter:

„Ihr seid ja nirgends zu erreichen. Was ist denn los?" beschwert sie sich gleich.

Tobias gibt aber nach kurzer Begrüßung den Hörer sofort an Karin weiter.

„Was wollen wir Verena schenken. Sie wird ja 37. Jedenfalls freut sie sich riesig auf die Feier und Heinrich hat ihr versprochen, dass alles im Haus stilvoll geschmückt wird. Ich bin froh, dass Verena so einen tollen und treuen Ehemann gefunden hat." –

„Tobias und ich haben schon ein Geschenk für Verena. Ich habe einen Gutschein für ein Wellness-Wochenende." –

„Und weil das alles diesmal so stilvoll sein soll, könnten wir auch, also du als Schwester und ich als Mutter jeder für sich ein Gedicht oder eine kleine Rede beisteuern." –

„Ja, gute Idee. Ich überlege da noch was." –

„Und was ziehst du an?" –

Karin weiß wieder worauf diese Frage hinausläuft. Sie ist zu den Sommerfesten immer aus Sicht ihrer Schwester und ihrer Mutter zu aufreizend gekleidet gewesen. Da war es aber auch heiß.

„Ich werde mir ein neues Kleid kaufen, hoch geschlossen und lang."

Karin beendet dann unter dem Vorwand noch irgendwohin zu müssen das Gespräch. Sie ist immer von ihrer Mutter genervt. Tobias, der alles mitgehört hat, lacht und schüttelt ungläubig den Kopf:

„Du und ein hoch geschlossenes Kleid?"

Karin lacht mit und beide fahren in ihre Wohnung in Altona. Da ist es wärmer als im Büro. Sie hat am Nachmittag noch einen Kurs zu leiten und kommt erst um 17 Uhr zurück. Tobias schläft am Nachmittag. Später bereitet er ein Abendessen mit vielen leckeren Zutaten vor und bittet Karin zu Tisch. Danach verbringen beide den Abend gemütlich auf dem Sofa, sehen noch einen Krimi im ZDF und trinken einen guten trockenen spanischen Rotwein. Zum Schluss überrascht Karin ihren Tobias noch mit einem neuen Rollenspiel. Sie steigt mit einem äußerst knappen Krankenschwester-Kostüm zu ihm ins Bett.

*

Der dunkle Kellerraum ist kalt und karg. Nur ein kleines Fenster kurz unter der relativ niedrigen Decke spendet etwas Licht. Der Raum ist feucht und mit einer verrosteten Metalltür verschlossen. Am

Boden hockt zusammengekauert ein junges Mädchen. Sie ist völlig nackt. Ihre pechschwarzen Haare sind nass und hängen in Strähnen teilweise über das Gesicht. Sie friert und hält beide Hände vors Gesicht. Vor einigen Stunden – sie hat das Zeitgefühl völlig verloren – wurde sie hier mit Gewalt verbracht und zwei brutale Männer haben sie mit harten Ohrfeigen traktiert. Die beiden Männer haben sie vor der Disco abgefangen und in einen Lieferwagen gezerrt und hier in den Kellerraum eingesperrt. Einer der Männer mit einem schiefen Gesicht, dessen Aussehen einem Monster gleicht, hat sie brutal entkleidet und mit einem Messer ihre Unterwäsche zerschnitten. Sie haben nach Marco und seiner Freundin gefragt. Nora war für wenige Wochen mit Marco zusammen und hatte sich dann aber getrennt. Sie konnte den Männern nicht viel erzählen. Wo sich Marco jetzt aufhält, ist ihr auch nicht bekannt. Aber die Männer glauben ihr nicht.

Jetzt hört sie wieder Schritte und die graue Stahltür zum Kellerraum wird von außen aufgeschlossen. Die Tür scheppert beim Öffnen. Nora bekommt panische Angst als sie wieder diesen Mann, der einem Monster gleicht, hereinkommen sieht. Er ist sehr groß, trägt ein dunkles Sweatshirt und eine abgetragene total verwaschene Jeans.

„Steh' auf!" herrscht er sie an.

Nora kommt zittrig vom Boden hoch. Ihr ist schrecklich kalt. Sie lehnt sich etwas gekrümmt an die Wand, die aus unverputzten Ziegeln besteht. Nora ist klein, vielleicht gerade 1,60, aber mit einer guten Figur und einem hübschen Gesicht. Das Monster zieht aus seiner Jeans den Gürtel heraus und wickelt ein Ende in seine riesige Hand. Nora ahnt was kommt und schreit vor Angst mehrmals ein „Nein" heraus. Aber der Mann ist brutal und schlägt voll zu. Er trifft ihren Körper an der linken Seite. Das Mädchen schreit und schreit. Dann zieht er sie am Arm zu sich und schlägt voll über ihren Rücken. Als sie schreiend auf die Knie sinkt, trifft er zweimal ihren Hintern. Nora schreit weiter, gellend, ununterbrochen. Sie ist in großer Panik. Der Mann wartet bis sie sich etwas beruhigt. Sie kriecht sitzend zurück an die Wand und erwartet weitere Schläge.

„Wo ist Marco?" schreit der Mann. „Wer hat nach ihm gefragt?" –

„Ich weiß es nicht. Echt, ich habe keine Ahnung. Da war eine Frau, ich glaube sie hieß Karin. Die hat nach ihm gefragt, aber nur weil sie noch Geld von ihm bekommt." –

„Wo hast du Marco zuletzt gesehen? Hat er Freunde, die du kennst?" –

„Das ist schon etwa 3 Wochen her. Da war er mit seiner neuen Freundin in der Disco. Wir haben aber kein Wort geredet. Er ist mit dem DJ, also mit Mac, so nennt er sich, befreundet. Jedenfalls habe ich die in der Disco oft zusammen gesehen. Mehr weiß ich nicht."

Nora beginnt wieder heftig zu weinen. Das Monster öffnet seine Jeans und zieht sie zusammen mit der Unterhose tiefer. Nora sieht den erigierten Penis, der ihr übergroß und drohend erscheint. Er kommt auf sich zu. Sie schreit, wendet sich ab, aber der Mann kniet über sie, greift sie am Boden mit festem Griff und hat sie im Nu unter sich. Sie schreit weiter gellend und windet sich, aber das Monster hat kein Erbarmen und vergewaltigt sie brutal. Nora gibt auf, liegt gekrümmt am Boden und möchte am liebsten sterben.

Der Mann zieht sich wieder die Hosen hoch. Der zweite Mann, der sie mit entführt hatte, kommt nun auch in den Kellerraum. Das Monster berichtet nur über den DJ Mac, der vielleicht mehr weiß.

„Die Kleine wäre was für den Bremer Betrieb. Was meinst du? Wollen wir dem Chef den Vorschlag machen?" –

„Dann muss du sie aber weiter vorbereiten!" der andere Mann grinst dabei zynisch. „Werf' ihr ein paar Decken rein und einen Stuhl. Und natürlich einen Eimer. Wir sehen dann weiter."

Das Monster wirft zwei alte stinkende Wolldecken zu ihr, stellt einen alten wackeligen Stuhl hin und einen Eimer aus Metall in eine Ecke des Raumes. Dann wird die Tür verschlossen. Die Schritte entfernen sich. Alles ist unheimlich still, keine Geräusche von einer Straße oder von Menschen. Durch das kleine Fenster kommt nur wenig Licht in den Raum. Nora ist völlig verzweifelt. Sie wickelt sich in die stinkenden Wolldecken, um ein wenig Wärme zu bekommen.

*

Auf der zuständigen Polizeistation trifft Tobias Alff Kommissar Ernst Petersen und fragt nach seinen Erkenntnissen im Fall der vermissten Marie. Der Kommissar steht kurz vor seinem Ruhestand, hat kaum noch Haare auf dem Kopf und ist gesundheitlich angeschlagen. Deswegen hat man ihn überwiegend mit Vermisstenfällen betraut. Er hat keine Bedenken, Auskunft zu geben, zumal ihm Tobias Alff schon lange bekannt ist und er selbst umgekehrt auch auf neue Hinweise hofft. Petersen sucht sich den Aktenvorgang aus einem riesigen Aktenberg und setzt sich damit seufzend an seinen Schreibtisch. Tobias Alff setzt sich gegenüber auf einen Besucherstuhl.

„Wir haben eigentlich keine zielführenden Hinweise", beginnt der Kommissar, „nur dass es wohl einen Marco gibt, der zeitgleich vermisst wird. Für ihn haben wir seit zwei Tagen eine Vermisstenmeldung von einem Verwandten. Bei dem Vermissten handelt es sich um Marco Thomsen, unbekannten Aufenthalts – auch der Onkel oder was es war wusste keine Anschrift, weil sie seit Jahren nur, aber regelmäßig, telefonischen Kontakt hielten – 28 Jahre alt, Barkeeper in verschiedenen Nachtclubs der Stadt. Der Onkel: Hans Thomsen, Uetersen, Am Deich 28, macht sich Sorgen, weil dieser Marco länger im zweifelhaften Umfeld gearbeitet hat. Ich mach dir eine Kopie der Daten."

Alff berichtet dem Kommissar von Nora, die eine Anschrift zumindest ungefähr wusste: Grindel-Hochhaus. Und dass dieser Marco ihr letzter Freund war. Von der Familie wusste das nur die kleine Schwester. Petersen macht sich Notizen darüber.

„Kennst du einen *XXL-Club* in der Hafenstraße? Da soll Marco gearbeitet haben." –

Der Kommissar lacht: „Ja, da gibt es seit zwei Jahren oder noch länger so einen neuen diskreten Nachtclub für zahlungskräftige Gäste. Zugang auf der Rückseite. Vorn ist nur ein versteckter Hinweis, nur ein eher kleines rot leuchtendes XXL, kaum im Vorbeifahren zu entdecken. Es gab gestern eine erste Anzeige von einem älteren Herrn, einem Gast dort, dem die Rechnung zu hoch war. Aber da können wir nichts machen. Außerdem reines Zivilrecht." -

„Einschlägige Inhaber?" –

„Nein, noch nichts bekannt, sehr unauffällig. Das ist natürlich auch verdächtig. Wir vermuten, dass dort Geld gewaschen wird, vielleicht aus Geschäften mit Dogen oder Mädchen. Dann wollen die natürlich nicht auffallen."

Alff dankt ihm, verabschiedet sich freundlich und fährt mit seinem alten Ford Mondeo in sein Büro in der Dorotheenstraße. Der Ford ist schon 10 Jahre alt. Er hatte ihn vor 5 Jahren günstig von einem Bekannten gekauft. Er legt jetzt wie üblich eine Übersichtsgrafik mit den bisherigen Daten an. Dazu nimmt er DIN A 3 – Blätter und beschreibt die im Querformat mit der Hand und mit farbigen Stiften. Dann befestigt er das Blatt an eine Wand links vom Schreibtisch. Das Wetter wird wieder schlechter. Tobias sieht kurz aus dem Fenster und betrachtet die dunklen Wolken. Mit aufkommenden Regen wird es schon um 15 Uhr dunkel. Er mag den Winter nicht. Tobias Alff macht sich nun einen Kaffee und setzt sich in seinen

Ohrensessel. Dabei kann er immer gut nachdenken und manchmal steht er spontan auf und ergänzt sein Datenblatt, um sich danach wieder in diesen Sessel zu setzen. Er sieht zu dem kleinen runden Beistelltisch und erinnert sich, dass die Pralinenschachtel leer ist.

Alff merkt beim Nachdenken, dass sie die übliche Reihenfolge der Ermittlungen nicht eingehalten haben. Irgendwie wurden sie von den Eindrücken abgelenkt. Zuerst werden immer die Daten der Familie, dann der des Bekannten- und Freundeskreis ermittelt und notiert. Was macht eigentlich Herr Torres beruflich? Gibt es Freunde, Geschäftspartner oder Feinde, die etwas mit dem Verschwinden der Marie zu tun haben könnten. Karin hat ja immerhin einen Verdacht, dass in der Familie irgendwas nicht stimmt. Und ihr Bauchgefühl nimmt Tobias immer ernst. Alff ruft deshalb seinen alten Bekannten an, den Notar Dr. Rolf Burgenhausen. Burgenhausen ist ein bekannter Notar in Hamburg und kennt viele Geschäftsleute und Verbindungen auch mit Bezug auf das Rotlichtmillieu. Sie sind zwar keine engen Freunde, haben aber immer wieder Kontakt und sind sich sympathisch. Der Notar gibt ihm gern unter der Hand Informationen. Umgekehrt hat Alff für ihn auch schon mehrmals ermittelt.

„Hallo Tobias! Lange nichts von dir gehört", kommt es von Burgenhausen sofort zurück. Der Notar ist immer gut gelaunt, ein Genussmensch, mit dem Alff einige Male auch zum Essen verabredet war. Aber es war für ihn immer zu teuer. Burgenhausen war nicht groß, aber sehr dick, so dass er bei längerem Gehen immer zu schnaufen anfing. Tobias Alff verabredet sich am Telefon, bekommt einen Termin schon am nächsten

Nachmittag in der Kanzlei und verspricht, ihm erste Informationen zuzumailen.

Im Internet sucht Alff nun nach Torres. Und wird fündig: *Internationale Immobilien Lorenzo Torres*, Alsterkrugchaussee 122 in Hamburg. Er druckt die Seite aus und nimmt sie zu der von Karin angelegten Akte mit der Aufschrift „Fall Marie".

Um etwa 17 Uhr kommt Karin ins Büro. Sie trägt angesichts des ungemütlichen Wetters Jeans und ein schwarzes Oberteil, hoch geschlossen. Sie hat zwei Plastiktüten mit Einkauf von Discounter dabei und packt zuerst eine schöne Schachtel belgischer Pralinen aus und legt sie lachend auf den runden Beistelltisch. Tobias lächelt ihr zu und freut sich, dass er wieder Naschereien hat. Einige andere Sachen legt sie in den Kühlschrank des Büros und zwei Flaschen spanischen Rioja-Wein stellt sie in ein Regal am Schreibtisch.

Tobias berichtet ihr vom Gespräch mit dem Kommissar und zeigt ihr die Webseite des Immobiliengeschäfts Lorenzo Torres. Abgebildet ist Lorenzo Torres, dann ein Mitarbeiter mit Namen Norbert Grisham und die Sekretärin Sabine Schubert. Alle Fotos sowie die gesamte Gestaltung sind professionell gemacht. Die beiden Männer im dunklen Nadelstreifenanzug, Pomade im Haar, aufrechte Haltung mit einladendem Lächeln. Die Sekretärin ist außerordentlich attraktiv. Sie ist größer als Lorenzo Torres, trägt ein dunkelblaues Kostüm mit sehr kurzem Rock. Ihre dunklen Haare sind schön gestylt und sie hält eine Ledermappe in der Hand, so als ob sie die überreichen wollte. Dann gibt es Texte und Fotos über große internationale Immobilien, große Bürohäuser, Fabrikgebäude, Hotels und unbebaute Grundstücke.

„Lass uns doch heute Abend den *XXL-Club* näher anschauen", schlägt Tobias vor und öffnet die Pralinenschachtel. Es sind wieder die von ihm geliebten belgischen Pralinen, die aber seiner Figur nicht zuträglich sind.

„Bei dem Wetter?" gibt Karin zu bedenken, „aber gut, wenn wir nur die Örtlichkeit ansehen und uns einen Eindruck verschaffen, o. k.".

„Danach gehen wir am Hafen essen", ergänzt Tobias seinen Vorschlag, „ich lade dich ein. Ich habe nämlich von den Torres einen Vorschuss von 500 Euro überwiesen erhalten."

Beide ziehen noch ihre Mäntel an und fahren mit Tobias alten grauen Ford Mondeo zur Hafenstraße. Es regnet und es sind deswegen kaum Leute zu Fuß unterwegs. Tobias fährt ganz langsam die Hafenstraße entlang als ob er einen Parkplatz sucht. Beide suchen angestrengt nach dem roten Leuchtschild mit einem XXL darauf. Sie fahren zweimal die Hafenstraße entlang und jetzt entdeckt Karin endlich die roten Buchstaben. Sie sind etwas zurückgesetzt zwischen zwei Häusern. Dazwischen ist ein recht schmaler Gang mit Kopfsteinpflaster. Tobias hält den Wagen gegenüber an und steigt aus. Karin bleibt im Wagen sitzen. Wenn das ein Bordell ist, haben Frauen da nichts verloren. Tobias nähert sich zu Fuß dem Zwischengang. Durch den Regen und die Dunkelheit wirkt der Gang mit seiner schwachen Beleuchtung wie ein Durchgang zu einem schmutzigen Hinterhof. Nach einigen Metern zwischen den Häusern gibt es eine Abzweigung nach links mit einem eher aufgeräumten Hof. Dort stehen lediglich zwei Mülleimer, eine Sackkarre ist an eine Wand gelehnt und in einer Ecke sind alte Gehwegplatten aufgestapelt. Zwei Kellertreppen sind an der Rückseite des großen Hauses links zu sehen. Das rote XXL ist als Leuchtschrift gegenüber der Kellertreppen zu sehen. Die kleine Leuchtschrift befindet sich direkt über eine Tür mit einem kleinen Fenster in Gesichtshöhe. Das sieht ganz nach Gesichtskontrolle aus und spricht dafür, dass hier offenbar kein sogenanntes Laufpublikum eingeladen ist. Der Durchgang geht aber geradeaus weiter, allerdings unbeleuchtet zu einem größeren Hinterhof und von dort durch einen leicht gewendeten schmalen Gang zu einer kleinen Straße hinter der Hafenstraße. Der *XXL-Club* scheint noch nicht geöffnet zu haben. Tobias macht deshalb mit seinem Handy einige Fotos von der Örtlichkeit.

Auf dem Rückweg kommt ihm bevor er die Hafenstraße erreicht ein Mann entgegen, der ihn kritisch im Vorbeigehen mustert. Tobias dreht sich nach der Begegnung kurz um und sieht wie der Mann links in die Abzweigung geht, offenbar zum *XXL-Club*. Der Detektiv und seine Partnerin fahren dann wie vereinbart zum *Fischerhaus* und genießen den Abend bei Hamburger Pannfisch, den Tobias bestellt und ein Dorschfilet mit Gemüsebeilage, den Karin gern isst. Dazu trinken sie einen trockenen Kerner-Wein und nach dem Essen auch den Hamburger Kümmel, einen *Helbing*. Tobias lädt diesmal seine Partnerin ein, denn vom Vorschuss der Torres soll Karin genauso Nutzen haben. Am Tisch planen sie ihre weiteren Schritte. Tobias will am Freitag spät abends in den *XXL-Club* gehen und nach Marco fragen. Er will sich als sein Onkel ausgeben und mal sehen, was sich ergibt. Karin will Nora nochmal in der Disco aufsuchen und hofft, dass sie noch mehr weiß.

*

Der neue Tag ist wieder regnerisch. Ein Tag an dem man am liebsten im Bett bleiben würde. Um 10 Uhr stehen Karin und Tobias dennoch auf und frühstücken gemütlich. Tobias hat schnell frische Brötchen vom Bäcker in der Nähe geholt. Beim Essen planen sie den Tag. Zuerst wollen beide die Wohnung von Marco Thomsen aufsuchen. Da müssten sich eigentlich diverse Hinweise finden lassen. Sie fahren vorher noch im Büro vorbei und Tobias steckt einige Utensilien für eine nicht legale Türöffnung ein. Darin ist er geübt und kann sogar übliche Sicherheitsschlösser öffnen. Als er den verschließbaren Schrank neben seinem Schreibtisch öffnet, fallen ihm der neue Elektroschocker und die kleinen Dosen Pfefferspray auf, die er für Karin besorgt hat und zunächst dort unter Verschluss hielt. Sie hatte schon als Partnerin einige gefährliche Situationen zu bestehen. Den Elektroschocker hat Tobias illegal aus dem Ausland erworben. Ein Gerät, das um ein Vielfaches stärker ist, als die frei zugänglichen Geräte. So eine Waffe passt in fast jede Handtasche. Und eine Dose Pfefferspray kann sie immer in der Mantel- oder Jackentasche dabei haben. Karin ist überrascht und freut sich über Tobias Fürsorge. Beide fahren dann zum Grindel-Hochhaus.

Am Hochhaus sind an den Eingängen unzählige Namen auf den Klingelschildern angebracht. Karin findet erst nach längerem Suchen den Namen *Thomsen*. Ein Klingelversuch führt zu keiner Reaktion. Als irgendwelche Leute das Hochhaus verlassen, gehen beide schnell durch die offene Tür hinein. Dem Klingelschild nach zu urteilen, müsste die Wohnung im 4. Stock sein. Sie finden tatsächlich dort die Wohnungstür mit dem Namen *Thomsen*. Tobias klingelt dort noch einmal intensiv. Keine Reaktion. Dann kommt seine Fähigkeit zur Türöffnung zum Tragen. Es gibt keine Probleme. Die Tür ist nicht verschlossen, sondern nur ins Schloss gezogen worden. Leise und vorsichtig betreten beide die Wohnung. Es riecht muffig. Und sie sehen sofort, dass sie nicht die Ersten sind. Alles ist durchwühlt. Ein riesiges Chaos befindet sich in beiden Wohnräumen. Die Einrichtung ist eher spartanisch. Einfache Möbel, teilweise vom Sperrmüll oder gebraucht erworben, mal in Kiefer, mal weiß oder grau. Ein alter Schreibtisch steht vor dem Fenster. Alle Schubladen sind herausgezogen worden und liegen mit unbedeutendem Inhalt am Boden. An der Wand neben dem Fenster sind zwei Bilder mit Kinderzeichnungen angebracht. Im Schlafzimmer liegen lediglich zwei Matratzen mit dringend wechselbedürftigen Laken auf den Boden. Die Wände sind weiß gestrichen, aber teilweise vergraut. Anstelle eines Schrankes gibt es nur ein Gestell mit

Kleiderbügeln. Auffällig ist, dass kaum Kleidung vorzufinden ist. Das sieht nach Flucht aus. Trotzdem durchsuchen beide die bekannten und üblichen Verstecke wie Toilettenspülkasten, Schubladen-Unterseiten, Leerräume hinter Schubladen, Bücher und Bilder. Sie finden Fotos von Nora in einem unscheinbaren Buch versteckt. Sie ist mehrmals nackt abgebildet. Im Hintergrund ist das Wohnzimmer von Marco zu erkennen. Auf dem anderen Foto ist der DJ Mac hinter Nora zu sehen. Und dann sogar zwei Fotos von Marie im knappen Bikini, einmal am Strand und einmal in einer Strandbar. Und dann findet Karin noch eine Ansichtskarte, die ein „Patenonkel" geschrieben hat und zwar aus Niendorf an der Ostsee. Laptop und Zubehör sind natürlich schon entwendet worden. Terminkalender oder Notizbücher sind Fehlanzeige. In der Küche ist das Chaos am größten. Das gesamte Geschirr ist verdreckt und im

Waschbecken gestapelt. Mehrere tote Fliegen liegen auf der Fensterbank. Im Bad riecht es unangenehm. Auch hier ist alles verdreckt. Aber dann fällt Karin etwas auf. Die Fliesen sind nur auf einer Seite gesäubert. Das ist für alleinstehende Männer untypisch und hier bei dem Chaos und der auch sonst fehlenden Sauberkeit verdächtig. Da wurde etwas entfernt. Tobias leuchtet mit seinem Handy von verschiedenen Seiten die Fliesen an und dann sehen sie, dass rechts neben der Toilette etwas an die Fliesen geschrieben stand. Karin holt vom Balkon staubigen Dreck, nur eine Hand voll und wirft es gegen die Stelle an die Fliesen. Einige Partikel bleiben hängen und dann mit Beleuchtung aus einem schrägen Winkel von unten wird es lesbar: *Torres du Schwein*. Tobias fotografiert dies und auch den vorgefundenen Zustand der Wohnung. Spuren anderer Besucher sind nicht zu finden. Aber die haben etwas gesucht und Marco ist geflohen. Er muss etwas erfahren haben, was Torres oder andere aus seinem Umfeld oder Geschäften in Not bringen könnte. Und vielleicht hat er diese Kenntnisse mit Marie geteilt und beide mussten fliehen. Sie sind sich jetzt sicher, dass auch etwas in der Familie Torres nicht stimmt.

Beide verlassen die Wohnung und das Haus und fahren ins Büro zurück. Karin wäscht sich zuerst die Hände. Sie ist immer noch angeekelt von dem Dreck in der aufgesuchten Wohnung. Tobias mailt dem Notar Dr. Burgenhausen jetzt die Daten von der Immobilienfirma Torres und einen Kartenausschnitt mit der Hafenstraße mit dem *XXL-Club*. Der Notar kann über Katasteramt und Grundbuch zumindest die Eigentümer der Grundstücke und über das Handelsregister mehr über Torres erfahren. Am Nachmittag hat er den

Termin bei dem Notar und hofft auf interessante Informationen.

*

Im Herrenzimmer wärmt wieder der offene Kamin den Raum. Der ältere Herr mit grauen Haar, einer würdevollen aufrechten Haltung und vornehmer Kleidung raucht eine seiner teuren Zigarren, die er aus Kuba liefern lässt. Er schaut auf seine goldene Taschenuhr und vergleicht sie mit der Zeitangabe der Standuhr. Beide stimmen fast überein. Die alte Standuhr geht immer ein wenig vor. Aber die beiden Gäste sollten schon da sein. Er hasst Verspätung und Unzuverlässigkeit. Das junge thailändische Mädchen klopft vorsichtig an und steckt den Kopf durch die Türöffnung:

„Die zwei Männer sind angekommen. Soll ich Kaffee servieren?" –

„Ja bitte, Kaffee ist heute richtig. Bring aber auch den neuen Whisky, den ich in der Küche stehen gelassen habe."

Sie nickt eifrig und in dem Moment betreten schon die beiden Männer das Herrenzimmer. Sie grüßen höflich und werden auf die beiden Ledersessel gegenüber verwiesen. Alle schweigen. Nach einigen Minuten kommt der Kaffee, ein schönes verziertes Service mit dunkelgrünen Jagdmotiven und die neue Flasche Whisky samt passenden Gläsern. Das Mädchen entfernt sich respektvoll und schließt leise die schwere Tür.

„Es gibt einen Detektiv, der uns möglicherweise Probleme machen wird. Er interessiert sich für die Nachtclubs. Ihr müsst ihn im Auge behalten. Er ist euch schon zweimal zuvor gekommen!" stellt der Alte ruhig und bestimmt fest.

Einer der Besucher, es ist wieder Henry Butt, der eine untersetzte und rundliche

Figur hat, nimmt seine dunkle Brille mit dickem Horngestell ab und legt sie vor sich auf den Tisch. Er trägt wie auch der andere Gast ein schwarzes Sakko, das aber sichtlich zu eng ist. Henry Butt fühlt sich von der Kritik angesprochen.

„Wir haben aber das Mädchen, diese Nora. Sie wird vielleicht noch mehr sagen, wenn unsere Männer sie noch etwas härter anfassen."

Der Alte nickt gelangweilt und steckt sich eine neue Zigarre an, die nicht sofort zufriedenstellend glüht. Er nimmt in aller Ruhe einen Schluck Kaffee und bietet den Männern ebenfalls per Handzeichen Kaffee an. Beide füllen ihre Tassen und stellen die schöne Kaffeekanne vorsichtig und fast geräuschlos zurück. Der Alte beugt sich zum Kamin und legt einen Holzscheit nach. Er stochert mit einen Eisenstab im Feuer. Dann fährt er mit ruhiger Stimme fort:

„Das Mädchen können wir nicht mehr laufen lassen. Ich habe schon gehört, dass sie vielleicht für Bremen geeignet ist. In Bremen brauchen wir in der Tat zwei Neue. Eine kommt sowieso über den Ring. Diese Nora könnte also dort gebraucht werden. Ihr wisst, was dazu zu tun ist. Ich will das hier nicht ausführen und denke, ihr seid professionell genug. Aber auch hier wurde ein Fehler von deinen Leuten gemacht! Sie sind ohne Maske dem Mädchen gegenüber getreten. Das ist nicht professionell und engt unseren Spielraum ein." –

Henry Butt wird nervös. Er beginnt zu schwitzen und braucht einen Schnaps oder ein großes Bier. Er weiß, dass da was schief gegangen ist und er dafür die Verantwortung trägt. Fiete, einer seiner Türsteher mit dem schiefen Gesicht wird immer eigenmächtiger. Beide Türsteher, also auch Roman, sind zudem sehr dumm und einfältig. Sie brauchen ganz klare Vorgaben. Und Henry Butt weiß, dass er die Notwendigkeit von Masken vergessen hat.

„Der Detektiv ist ungefährlich. Der weiß nichts, aber notfalls stoppen wir ihn."

Henry Butt will den Alten beeindrucken. Aber es klingt nicht wirklich entschlossen und der alte Herr kann Nuancen in den Stimmen bestens heraushören. Ihm kann man so schnell nichts vormachen. Er traut diesem Henry nicht mehr die Leitung zu. Er war früher trotz seiner geringen Größe ein harter Typ und ließ in den Clubs nichts durchgehen. Inzwischen scheint er überfordert zu sein und der Alkohol macht ihn weich und unzuverlässig. Der alte Herr weiß auch, dass Butt vor kurzem im *Thai-Club* auf peinlichste Weise versagt hat und jetzt nur noch für den *XXL-Club* zuständig ist. Er raucht genüsslich die Zigarre und schaut den Mann ruhig und fest in die

Augen als ob sich daraus etwas zu lesen ergäbe.

„Das stimmt. Aber nur, wenn keine weiteren Fehler gemacht werden. Übrigens seht ihr, dass ich auch von einer anderen Seite, die euch nicht bekannt ist, Informationen bekomme. Eure Infos sind jetzt immer später gekommen. Da war ich schon informiert. Was soll ich davon halten?"

Jetzt sahen beide Gäste wie der Alte die buschigen Augenbrauen hebt und seine Stimme seltsam fest und fordernd wurde. Der Alte schenkt sich einen weiteren Kaffee ein und lehnt sich mit der Tasse in der Hand entspannt im Sessel zurück. Henry Butt ist verunsichert und sieht zu Nr. 3 rüber, ob von dort Unterstützung für ihn kommt. Aber Nr. 3 sagt immer noch nichts. Henry Butt spürt, dass mehr von ihm verlangt wird und jetzt schon zu viele Fehler begangen wurden. Wird er fallen gelassen? War das eine Drohung? Der Alte war oft geheimnisvoll und beide wissen, dass sich mit der Person dieses alten Mannes noch eine andere Organisation verbindet. Ohne den Whisky zu öffnen verabschieden sich die beiden Besucher, nachdem noch einige Förmlichkeiten für einen umfangreichen Geldtransfer besprochen wurden und verlassen leise das Herrenzimmer. Das junge Mädchen kommt wenig später herein und räumt das Geschirr ab. Der alte Herr unterbricht währenddessen sein Telefonat, blickt aber freundlich zu dem Mädchen und sie weiß, dass hier fast alles hoch geheim ist.

*

Notar Dr. Rolf Burgenhausen sitzt in seinem vornehm eingerichteten Büro in der Stresemannstraße. Alles scheint professionell gestaltet zu sein. Helle Farben an den Wänden, Mahagoni-Möbel, Ledersessel, mehrere große Gemälde in Goldrahmen, Regale mit sehr aufgeräumten Büchern und Ordnern. Der Notar selbst ist korrekt gekleidet mit weißen Hemd, dunkelroter Fliege, grau gestreifter Weste und auf seinem Schreibtisch liegen nur einige Akten sorgfältig aufgestapelt. Als Tobias Alff eintritt, steht der Notar zur Begrüßung auf und beide setzen sich an einen größeren ovalen Tisch, um den vier kleine Ledersessel gruppiert sind.

„Ja, deine gemailten Unterlagen konnte ich schon recherchieren lassen. Meine Sekretärin ist da immer sehr schnell und zuverlässig. Sie ist noch bei einer letzten Recherche und wird gleich kommen. Soweit ich sehe hast du da einen Fall bekommen, der noch Probleme machen wird. Nicht rechtlicher Art, aber persönlich." –

„Wir kommen kaum weiter. Die vermisste Tochter der Torres, eigentlich nur die Tochter der Ehefrau aus der Zeit vor der Ehe, hat keine Spuren hinterlassen außer die ihres letzten Freundes, der seltsamerweise zeitgleich vermisst wird. Aber auch da suchen einige Leute genau wie wir nach dieser Frau. Wir haben den Verdacht, dass die Familie darin verwickelt ist."

Eine Mitarbeiterin des Notars erscheint nun nach vorsichtigem Anklopfen mit einem Tablett Kaffeetassen, einer Kaffeekanne und einer Schale mit Gebäck. Sie ist auch geschäftsmäßig angezogen mit einem dunkelblauen Hosenanzug. Burgenhausen legt sehr viel Wert auf hanseatische Seriösität und erwartet von seinen Angestellten eine angemessene Kleidung.

Der Notar schenkt sich einen Kaffee ein, bietet Alff mit einladender Geste ebenfalls Kaffee an und lehnt sich mit der Tasse zurück.

„Die Torres sind mir persönlich bekannt. Zwei Beurkundungen sind schon in diesem Jahr wieder vor mir protokolliert worden. Und aus dem Grundbuch habe ich gesehen, welcher Notar noch tätig war. Das war der Kollege Traunstein, auch hier in Hamburg. Er hat mir unter der Hand und deswegen nur mündlich das beurkundete Geschäft vom 2.10.2002 erläutert. Torres hat nicht nur das Grundstück in der Hafenstraße erworben, sondern auch ein Grundstück in Bremen. Und auch dort wird ein Nachtclub betrieben. Ob aber Torres selbst Betreiber ist oder nur die Pacht kassiert, weiß ich nicht." –

„Wir haben in der Wohnung des auch vermissten Marco Thomsen eine Inschrift auf den Fliesen im WC gefunden, die nicht vollständig weggewischt wurde: Torres du Schwein. Dieser Marco war im *XXL-Club* eine Zeitlang Barkeeper. Und er ist der Freund von dieser Marie, die wir suchen sollen.

Seine Wohnung wurde vor uns total verwüstet."

In diesem Moment kommt die Sekretärin von Burgenhausen herein. Eine schlanke große Frau, kurze dunkelblonde Haare, mit cremefarbenen Kostüm. Alff schätzt sie auf Mitte 40. Sie übergibt dem Notar einige Papiere und verabschiedet sich sofort wieder. Burgenhausen holt sich ohne Eile vom Schreibtisch seine goldgerahmte Lesebrille. Er liest zuerst aufmerksam.

„Das Immobiliengeschäft ist eine GmbH und Geschäftsführer ist Lorenzo Torres. Gesellschafter sind er und Pietro Torres. Vom Geburtsdatum her wohl sein Vater. Sie handeln bzw. makeln mit internationalen Immobilien." –

„Hast du Kenntnis, wer der Verkäufer der beiden Grundstücke in der Hafenstraße und in Bremen war?" –

„Ach ja, hätte ich fast vergessen. Das war eine Spedition. Inhaber ist schon lange ein gewisser Rudi Diedrichsen, hier in Hamburg. Die Spedition nennt sich: *Inter-Trans Hamburg*. Pikanterweise soll dieser Mann selbst auch einen Nachtclub in Hamburg betreiben. Direkt am Hans-Albers-Platz. Das soll der *„Thai-Club"* sein. Aber alles Infos unter der Hand." –

„Das sind ja mögliche Verbindungen. Aber ob die Infos uns bei der Suche helfen? Wir werden wohl zuerst diese Verknüpfungen näher beleuchten. Vielleicht ergibt sich dann eine Spur."

Tobias Alff bedankt sich bei Burgenhausen und darf die Notizen mitnehmen, die schon seitens des Notars auf neutralem Papier geschrieben stehen. Alff weiß diese Quelle zu schätzen. Der Notar erkundigt sich noch bei der Verabschiedung nach Karin und gibt Grüße mit.

*

Im Büro der Dorotheenstraße beraten sich Karin und Tobias angeregt über das weitere Vorgehen. Tobias will Übermorgen am Freitagabend zuerst einen Blick in den *Thai-Club* werfen und danach den *XXL-Club* besuchen und mit dem Personal an der Bar sprechen. Evtl. haben die ja einen Hinweis. Er will sich als Patenonkel ausgeben, der Marco sucht.

„Das kann aber teuer werden, wenn die dir einen Schampus aufschwatzen und eine der Nutten dir zu nahe kommt", meint Karin und droht ihm lachend mit einem Finger.

„Ich trinke da nur ein Bier. Das wird hoffentlich nicht 100 Euro kosten. Und wenn ich da keinen Hinweis erhalte, ist zumindest ein Eindruck von dem Laden gewonnen."

Karin sinniert über die möglichen Verbindungen und sitzt dabei ganz ruhig auf einen Sessel und hat einen Zettel mit ihren Notizen in der Hand. Internationale Immobilien, Internationale Spedition und Nachtclubs hier und in Bremen. Das riecht nach Drogen oder Menschenhandel. Und nach Geldwäsche. Sie versucht, sich schon ein Gesamtbild zu machen. Und Geldwäsche, das vermutet ja schon dieser Kommissar Petersen.

„Welche Rolle mag der *Thai-Club* spielen? Da scheint es ja Verbindungen zu geben. Und die Spedition. Was machen die? Evtl. schiffen die ja aus Asien die Frauen her. Nachschub nicht nur für deren eigenen Bordelle." –

Dann muss Karin doch noch ein anderes Thema einschieben. Sie geht in den Nebenraum und kommt nach einer Weile mit dem neuen Kleid für die Geburtstagsfeier am Sonnabend zurück. Sie dreht sich damit lachend vor Tobias, der interessiert hinschaut. Sie hat sich ein wirklich langes Kleid, das bis zu den Füßen reicht, gekauft. Weinrot mit Glitzerpunkten und Spitzenarbeiten am unteren Ende und am Ausschnitt. Der Ausschnitt ist natürlich weit und gewährt bei ungeschickten Bewegungen Einblicke. Und am rechten Bein gibt es einen langen Schlitz, der bis über die Hüfte reicht und die männliche Phantasie anregt. Und natürlich sind neue Schuhe dabei. Dunkelrote High Heels mit goldenen Schleifen.

„Na, hoffentlich stiehlst du deiner Schwester nicht die Show!" meint Tobias und lacht, weil er die beiden Schwestern und ihre absolute Verschiedenheit gut kennt.

„Verena wird mit Sicherheit auch ein neues Kleid haben", meint Karin.

„Aber Heinrich wird sich wohl eher für dein Kleid interessieren." –

„Heinrich treibt es jetzt mit der neuen Haushaltshilfe, da bin ich nicht mehr 1. Wahl." Karin lacht bei diesem Verdacht laut los. –

„Laß' uns heute noch einen Blick auf die Spedition richten. Dann verbringen wir den Abend bei unserem Italiener", schlägt Tobias vor.

Da es noch relativ hell draußen ist, fahren beide zu der Spedition *Inter-Trans*, die ihr Betriebsgelände im Freihafen hat. Karin gibt die Anschrift in den Navi ihres Autos ein. Dort angekommen sehen sie einen großen Lkw-Hof, der an der Straße mit einem sehr hohen Roll-Tor abschließbar ist. Rechts daneben von der Straße erreichbar ist das zweigeschossige Bürogebäude mit einem Eingang von der Straße. Darüber eine große Leuchtschrift. Ganz am Ende des Hofes sind zwei große Lagerhallen mit Rolltoren zu sehen. Zwei große grau-blau gestreifte Auflieger mit großer Aufschrift *Inter-Trans Hamburg* stehen auf dem Hof. Ein Lkw diese Größe sieht man in einer offenen Halle stehen. Links auf dem Hof steht ein Mercedes-Sprinter, schwarz mit nur kleiner Aufschrift an der Fahrertür. Ein weiterer Sprinter steht auf der Seite des Bürogebäudes und ist ohne jede Aufschrift. Daneben stehen ein dunkelroter Ford-Mustang und ein schwarzer MB 500 mit verdunkelten Scheiben. Etwas weiter dahinter sieht man einen dunkelgrünen Jeep. Personen sind gerade nirgends zu sehen.

Tobias hat eine Idee und geht langsam über den Hof zu der offenen Lagerhalle. Der Hof ist grau gepflastert. Einige Lkw-Spuren und Ölflecke sind hier und da zu erkennen. Er sieht auch, dass der Hof videoüberwacht wird. Langsam nähert er sich der Lagerhalle und sieht, dass neben dem Lkw noch ein kleinerer einachsiger Lkw mit halb geöffneter Plane steht.

Daneben stehen zwei Holzkisten, die offenbar gerade ausgeladen wurden und auf der Ladefläche des Lkw stehen noch einige dieser Kisten. Aus einer Ecke der Lagerhalle hört Tobias Stimmen, die sich etwas aufgeregt anhören. Als er leise in Richtung dieser Stimmen geht, sieht er rechts eine dieser Kisten geöffnet stehen. In der Kiste liegen Säcke, scheinbar mit Reis oder einem Übersee-Getreide und zwei Säcke liegen direkt daneben. Die Säcke in der Kiste liegen irgendwie ungeordnet als ob man sie schon hochgenommen hat und wieder zurückfallen ließ. Dann hört Tobias die Stimmen deutlicher. Ein Mann mit ziemlich tiefer Stimme sagt gerade mit großer Lautstärke:

„Wer hat uns da beschissen? Unsere eigenen Leute oder sind wir schon in Süd-Amerika betrogen worden? Wer von euch hat den Container im Hafen geöffnet?"

Plötzlich Schweigen. Ein anderer etwas leiser: „Benno und ich waren zusammen dort. Wir haben alles so rausgenommen wie es war."

„Habt ihr euch bedient?" schrie der Mann drohend, „ich finde das heraus und dann gibt es Ärger!"

Tobias kommt nun mit hörbaren Schritten näher und die zwei Männer sehen ihn zuerst. Die Männer tragen grüne Arbeitskleidung, der etwas kleinere und schlanke Mann hat einen dunklen Bart und sieht eher südländisch aus oder sogar arabisch. Der ältere Mann ist dicker und hat Glatze. Der Mann, der laut wurde, ist mit einer dunklen Lederjacke und Jeans gekleidet. Er ist mindestens einen halben Kopf größer wie der ältere der Männer und ist ungewöhnlich massig. Er trägt seine langen schwarzen Haare streng nach hinten gebunden. Er könnte um die 50 sein.

„Was hast du hier zu suchen?" brüllt der Mann Tobias an.

„Ich soll hier meinen Bruder abholen, Peter Holzer", sagt Tobias ruhig.

„Peter Holzer gibt es hier nicht. Kennt einer von euch diesen Namen?"

Die beiden Männer schütteln mit dem Kopf. Der Mann nähert sich Tobias in drohender Pose und steht breitbeinig mit verschränkten Armen vor ihm.

„Wer soll das sein, dieser Holzer?" fragt er fordernd.

Tobias sieht die beiden Männer wie sie eilig die Kiste schließen und zur Seite stellen. Dabei wird ein offener Alukoffer, der bisher hinter der Kiste stand, sichtbar. Tobias kann einige Plastikbeutel mit weißem Inhalt erkennen, die ganz nach Kokain aussehen. Auch dieser Koffer wird eilig geschlossen und zur Seite gestellt.

„Peter Holzer wollte hier einen Auftrag weitergeben und ich sollte ihn dann hier abholen." –

„Das Büro ist gerade geschlossen. Der Typ war nicht hier oder ist schon weg. Also mach jetzt hier die Fliege."

Tobias nickt nur und geht dann langsam aus der Halle. Er hört noch ein lautes Geschrei ohne die Worte zu verstehen. Ihm wird klar, dass hier illegale Geschäfte, wahrscheinlich mit Drogen, laufen. Kaum ist Tobias am Auto, da biegt ein schwarzer Sprinter ohne Aufschrift und mit dunklen Scheiben auf den Hof ein. Der Sprinter fährt in die offene Halle und bremst hart. Tobias nimmt sich rasch sein Fernglas, das er immer im Auto bereitliegen hat und stellt sich hinter Karins Golf. Inzwischen beginnt sich das Rolltor langsam zu schließen, aber Tobias sieht noch gerade wie aus dem Sprinter eine schwarzhaarige junge Frau brutal herausgezerrt wird. Das Tor der Halle schließt in diesem Moment.

Karin hat aus dem Auto auch – ohne Fernglas - hingesehen und kann nichts mehr erkennen. „Die ganze Sache stinkt!" ruft sie Tobias zu.

„Es geht um Drogen, Bordelle und Mädchen", ist sich Tobias jetzt sicher.

Karin ist ganz unruhig, weil Tobias eine offenbar gefangene Frau gesehen hat. Beide sitzen im Wagen und überlegen. Wer könnte das gewesen sein? Karin vermutet, dass es auch um Menschenhandel geht. Und mit diesen Leuten ist nicht zu spaßen!

„Wir warten bis die Dämmerung einsetzt und inspizieren den Bereich hinter den Hallen. Vielleicht können wir dort unbemerkt einsteigen und nach dieser Frau sehen." Tobias wirkt entschlossen und gefährliche Aktionen reizen ihn immer.

„Gute Idee", findet Karin und beide warten nicht lange, denn die Dämmerung setzt im Dezember immer früher ein. Inzwischen verlässt ein dunkler Sprinter den Hof. Das Tor schließt sofort wieder. Der Mann, der nach Tobias Meinung wohl der Inhaber ist, fährt nicht lange danach mit einen kleinen Suzuki-Jeep davon. Auch nach ihm schließt das Hoftor scheinbar automatisch.

Beide warten ab bis es ganz ruhig wird. Dann gehen sie vorsichtig über das daneben liegende Grundstück links neben dem Hof, das unbebaut ist. Zwei verrostete Container wurden dort abgestellt und weiter hinten liegen rostige Eisenträger und verrottetes Holz. Hohes Gras mit Brennnesseln und niedrigen kleinen Gehölzen zeigen, dass das Grundstück von niemanden aktuell genutzt wird. Tobias nimmt seine spezielle Werkzeugtasche mit,

Werkzeuge, die das Öffnen von Fenster und Türen erleichtern. Vielleicht gibt es eine gute Möglichkeit, einzusteigen. Sie betrachten vom Nebengrundstück aus den Hof. Nur ein hoher Zaun trennt die Grundstücke. Tobias entdeckt die vier Kameras, die den gesamten Hof überwachen. Deshalb gehen sie nicht so nah an der Grundstücksgrenze entlang. Die Tore zu den Lagerräumen sind alle geschlossen. Menschen sind nirgends zu sehen. Nur im Bürohaus ist bei einem Fenster zur Straße hin Licht zu erkennen. Zum Grundstück hinter den Hallen müssen beide einen hohen Zaun überwinden. Der ist zum Glück schon beschädigt und an mehreren Stellen heruntergebogen. Sie schleichen sich nun hinter die Lagerhallen. Die haben nach hinten zwei relativ kleine Fenster. Tobias zieht sich am äußeren Fensterbrett hoch, um in die Halle zu sehen. Es ist alles dunkel. Nur schemenhaft kann er die beiden Lkw erkennen, die dort immer noch stehen. Hinter den Hallen sind zum Glück keine Kameras oder Bewegungsmelder erkennbar. Tobias nimmt aus seiner Werkzeugtasche Schraubenzieher und einen kleinen Kuhfuß. Das Fenster gibt schnell nach und es gibt nur ein kurzes Knacken. Tobias öffnet es nach innen. Er wartet, ob evtl. etwas bemerkt wurde. Aber es ist alles still. Als er durch das Fenster steigt und auf den Hallenboden springt, hört er ganz leise Musik, sieht aber nichts. Auch Karin klettert sehr leise durch das Fenster in die Halle und springt fast geräuschlos auf den Betonboden. Beide bleiben ganz still stehen und lauschen der Musik, um die Richtung wahrzunehmen. Die Musik kommt von ganz links, dort wo Tobias den brüllenden Typ mit den zwei Männern gesehen hatte. Beide schleichen langsam näher und bleiben kurz hinter dem kleineren Lkw stehen. Dann sehen sie einen schwachen Lichtschein, der aus einer Wandöffnung fällt. Eine kleine büroähnliche Ecke ist zu erkennen. Tobias geht leise einige Schritte näher und sieht den älteren Mann mit der Glatze dort sitzen. Er trägt eine alte abgetragene Jeans und über ein kariertes Hemd eine blaue Arbeitsjacke. Er hat ein älteres Kofferradio vor sich. Der eingestellte Sender bringt gerade „Atemlos" von Helene Fischer und der Mann stellt das Radio deshalb etwas lauter ein. Vor ihm stehen mehrere Flaschen *Astra Rotlicht*. Zwei alte und ziemlich kleine Röhrenbildschirme stehen ganz am Rand des Tisches, die mehrere Bereiche des Hofes zeigen. Der Mann blättert in Pornoheften und öffnet gerade eine neue Bierflasche. Der Halle hat er den Rücken zugedreht und sitzt auf einen einfachen Holzstuhl.

Tobias und Karin einigen sich hinter dem kleineren Lkw leise für ein abgestimmtes Vorgehen. Sie wird den Mann aus seiner

Ecke bis zum kleinen Lkw locken und Tobias will dann von hinten mit einer Schaufel, die er ganz in der Nähe an eine Wand gelehnt sieht, zuschlagen. Als Tobias die Schaufel an sich genommen hat und sich hinter dem kleinen Lkw versteckt, geht Karin in Richtung des Mannes in seiner Ecke. Noch bevor sie ihn erreicht ruft sie laut:

„Hey, du Fettsack, wo ist hier der Ausgang?"

Der Mann dreht sich erschrocken um. Er steht auf und kommt vorsichtig näher. Mit einer großen Taschenlampe leuchtet er in Richtung der Stimme und sieht dann Karin am Lkw stehen. Eine Frau hier in der Halle? Wie ist die reingekommen? Was ist los? Er ist total verblüfft und fühlt sich provoziert. Jedenfalls darf hier niemand zu dieser Zeit in die Halle kommen. Dafür hat er gerade zu sorgen.

„Wer bist du Schlampe? Wie kommst du hier herein?" fragt er laut und kommt weiter näher.

Karin weicht vor ihm zurück und er kommt immer näher und erreicht den kleinen Lkw.

„Wag' es nicht, mich anzufassen! Ich wehre mich!" schreit Karin laut, damit er sich nur auf sie konzentriert, denn Tobias hat sich schon in Position gebracht.

Als der Mann den kleinen Lkw erreicht hat und kurz vor Karin stehen bleibt, kommt Tobias schon leise von hinten und schlägt mit der Schaufel voll zu. Der Mann kippt sofort um und liegt bewusstlos am Boden. Tobias untersucht seine Kleidung und nimmt vorsichtshalber ein Messer an sich. Dann suchen beide die Halle ab. Es gibt im rechten Bereich drei Türen zu irgendwelchen Nebenräumen. Tobias holt den offen liegenden Schlüsselbund vom Schreibtisch und schließt eine Tür nach der anderen auf. Hinter der zweiten Tür sieht er die Frau, völlig nackt an der hinteren Wand total verängstigt kauern. Sie hat eine graue Wolldecke um sich gewickelt. Karin erkennt sie sofort. Es ist Nora und sie steht erleichtert aber völlig unsicher auf und kommt auf sie zu.

„Komm, wir holen dich hier raus!" ruft sie ihr zu und stützt sie dabei. Da sieht Tobias an der gegenüber liegenden Wand den anderen jüngeren Mann, der südländisch aussieht. Er hockt nur mit einer Unterhose bekleidet still am Boden und ist übel zugerichtet. Ein Auge ist total zugeschwollen, am Körper sind große rote Flecken zu erkennen. Die Lippen sind aufgeplatzt und er wirkt teilnahmslos.

„Hey, du kannst auch mitkommen", ruft ihn Tobias.

Der junge Mann erhebt sich mühsam, er hat offenbar große Schmerzen. Auf dem Weg zurück zum Fenster greift sich Tobias aber noch die Papiere vom Schreibtisch, Frachtpapiere vermutet er. Während Karin mit Nora und dem anderen Mann in Richtung Fenster gehen, zerrt Tobias den niedergeschlagenen Mann noch mühsam in den Raum, wo die beiden eingesperrt waren und schließt die Tür zu. Den Schlüsselbund legt er wieder auf den Schreibtisch zurück. Tobias sieht unter den Pornoheften eine Pistole liegen und nimmt sie an sich. Dann klettern alle durch das geöffnete Fenster nach draußen. Tobias schließt am Ende sogar noch das Fenster von außen, so dass nicht sofort erkennbar ist, von wo sie eingedrungen sind. Nora zittert vor Angst und Aufregung und muss von Karin den ganzen Weg zum Auto gestützt werden. Der befreite Mann flieht, kaum dass er durch das Fenster nach draußen geklettert ist, über das hintere Grundstück in eine andere Richtung.

Am Wagen angekommen, gibt Karin dem nackten Mädchen zuerst ihren Mantel und setzt sich mit ihr hinten in den Wagen. Nora kauert sich frierend und total zittrig eng an Karin und bekommt einen heftigen Weinkrampf. Sie kann ihre Befreiung kaum fassen.

„Wir können Nora nicht ins Büro und auch nicht in unsere Wohnung bringen. Das ist zu gefährlich", gibt Karin zu bedenken, als Tobias losfährt.

„Ich könnte Peter Hansen, meinen Büronachbarn, fragen, ob er seine Gartenlaube zur Verfügung stellt. Da gibt es auch eine E-Heizung. Das hat er mir vor kurzem erzählt." –

„Ich habe gerade eine andere Idee", meldet sich wieder Karin von hinten, „bei uns im Fitnessstudio gibt es einen Aufenthaltsraum für etwaige

116

Übernachtungen oder wenn jemanden übel wird. Da haben wir Duschen, Nassräume und es ist warm. Und da vermutet sie zunächst niemand." –

„Gute Idee!" –

„Ich hole dann schnell von mir Kleidung und andere Sachen für Nora und bleibe die Nacht bei ihr."

Sie erreichen den Fitnessclub in gut 20 Minuten. Am Freitag um diese Zeit ist schon lange Feierabend und Karin schließt auf und führt Nora in den vorgesehenen Raum. Dort steht ein ausziehbares dunkelblaues Schlafsofa. Es gibt einige Wolldecken, Kissen und sogar Handtücher. Die Fenster können zugezogen werden und eine alte aus der Mode gekommene Stehlampe spendet dezentes Licht. Sie führt Nora aber zuerst zu den Duschen und ahnt, dass sie dort lange bleiben wird, um allen Dreck und die ganze Panik abspülen zu können.

„Ich hole dir was zum Anziehen. Bin gleich wieder da" ruft sie ihr noch zu.

Karin fährt allein zu ihrer Wohnung holt einige Sachen zum Anziehen aus ihrem Kleiderschrank und achtet darauf, dass die auch bei einer kleineren Frau noch gut aussehen. Sie packt alles in eine große Einkaufstasche und fährt wieder zum Fitnessclub zurück.

Tobias fährt nun in die Dorotheenstraße und will in seinem Büro die Papiere sichten und zu der Spedition noch im Internet recherchieren. Er will dort auch übernachten.

*

In der späten Nacht verlassen die letzten zwei Männer den *„Thai-Club"*. Die Thai-Mädchen an der Bar räumen alle Gläser zusammen und schaffen Ordnung im Barbereich. Rudi Diedrichsen ist schlecht gelaunt und schließt ab. Er gibt dem Türsteher ein Zeichen, dass Feierabend ist. Das Reklamelicht wird gelöscht. Die beiden Asiatinnen, die abwechselnd ihre Striptease-Show zeigen, machen sich zum Gehen in ihrer Garderobe zurecht. Ein kleiner asiatischer Transvestit, der sich im Club speziellen Kunden anbietet, steht noch nackt daneben und drängelt die anderen nervig, bis die beiden Mädchen Platz machen. Danach zieht auch er seine normalen Sachen an und geht. Der Chef schickt Pia, seine Partnerin, eine zierliche Asiatin, ärgerlich und laut nach Hause. Sie hatten Streit und er einen heftigen Wutanfall, weil sie ohne Abmeldung eine Stunde verschwunden war und Rudi Diedrichsen war kurz davor, sie zu schlagen.

Sie greift sich schnell noch einen Schal und läuft noch im knappen Showkleid eilig durch die Hintertür ins Freie. Sie kennt die Wutanfälle des Chefs und geht dann lieber, ehe der rabiat wird. Sie muss sich ein Taxi nehmen. Rudi Diedrichsen zählt noch das Geld, ordnet den Schreibtisch und verschließt alles. Einen Moment setzt er sich noch an den kleinen Schreibtisch und trinkt ein letztes Bier. Er ärgert sich, weil er seit Wochen jeden Abend im Club sein muss und natürlich über Henry Butt, dem er das zu verdanken hat. Der sollte eigentlich den *Thai-Club* leiten, da im *XXL-Club* Tamara auch alles gut im Griff hat. Aber er trinkt seit langem zu viel und ist oft schon um Mitternacht besoffen. Außerdem ist er fett und unzuverlässig geworden und konnte sich hier bei den Thai-Mädels nicht durchsetzen. So wie Pia berichtet hatte, haben ihn die Thaimädchen in einer Auseinandersetzung zu zweit gepackt und einfach ins Büro geschoben und eingeschlossen. Er schrie zwar laut herum, war aber so betrunken, dass sie leichtes Spiel mit ihm hatten. Damit war seine Autorität natürlich verspielt.

Während Diedrichsen noch überlegt, wie er das Problem lösen könnte, meldet sich sein Smartphone. Am anderen Ende gibt seine Partnerin, die schon zu Hause angekommen ist, aufgeregt zu verstehen, dass niemand auf Zeichen das Tor öffnet und Erich das Gespräch nicht annimmt. Es muss etwas passiert sein. Diedrichsen ahnt, dass etwas nicht stimmt. Er zieht die dunkle Lederjacke über, greift sich die Pistole aus der verschlossenen Schublade des Schreibtisches und verlässt dann über den Hinterausgang den Club. Dort steht der kleine Suzuki-Jeep, der in der Einfahrt auch nur geradeso hineinpasst und er fährt eilig davon. Nach knapp 15 Minuten erreicht er mit überhöhter Geschwindigkeit das Anwesen der Spedition. Er stellt den Wagen gegenüber am Straßenrand ab, weil das Tor tatsächlich nicht öffnet. Seine thailändische Partnerin steht schon am Tor und zieht ihren Schal enger, weil es kalt geworden ist. Sie ist mehr als einen ganzen Kopf kleiner. Der Chef schließt die Bürotür auf der Straßenseite auf und beide erreichen über einen Flur den Ausgang zum Hof. Eine Notbeleuchtung lässt alles in einem schwachen Licht erkennen. Er öffnet dann das große Rolltor zur Lagerhalle. Alles ist ruhig. Der Mann nimmt von einem Haken neben dem Eingang eine große Taschenlampe und nähert sich der Ecke, wo eigentlich Erich wachen soll. Niemand ist zu sehen. Er sieht die Pornohefte auf dem Schreibtisch liegen, die Bierflaschen und auch das Schlüsselbund. Dann ruft er mit lauter Stimme nach Erich. Da hört er ein leises Klopfen an der mittleren Tür der drei Nebenräume. Als er die Tür öffnet, sieht er Erich am Boden sitzen, sich mit einer Hand und gequältem Gesichtsausdruck über den kahlen und blutigen Kopf streichen. Aber sein Blick geht durch den Raum. Das Mädchen und Raul sind weg!

„Was ist passiert?" fragt er Erich streng und verärgert.

„Hier war eine Frau, da bekam ich einen Schlag", berichtet er bruchstückhaft, „die war blond und war auf einmal hier in der Halle." –

„Und wer war noch da?" Ungeduld und Ärger sind in der Stimme erkennbar. Erich muss total geschlafen haben. Wie soll hier eine andere Frau auftauchen?

„Also ich habe nur diese Frau gesehen und da bekam ich einen Schlag auf den Kopf", wiederholt Erich nochmal die Geschehnisse.

„Eine blonde Frau? Hier in der Halle? Hast du zu viel getrunken?" Rudi Diedrichsen ist außer sich und flucht wütend aber unverständlich herum.

Rudi Diedrichsen herrscht völlig genervt seine Partnerin an, die immer noch in einem dünnen Minikleid und nur mit einem Schal um den Hals frierend neben ihm steht. Sie soll kaltes Wasser und einen Verband holen, denn auf der Glatze sind eine Schwellung und eine große Platzwunde zu sehen. Inzwischen sieht sich der Chef in der Halle um, kann aber keine Auffälligkeiten erkennen. Er hat den Verdacht, dass dieser Clan von dem Raul dahinter steckt und bereut schon, dass er ihn nicht gleich totgeschlagen hat. Die Partnerin kommt eilig mit Verbandszeug und einer Waschschüssel zurück und behandelt Erich. Er entspannt sich langsam auf dem Stuhl, auf dem er eigentlich sitzen und aufpassen sollte. Erich kann aber auch jetzt nicht mehr erzählen, obwohl Rudi Diedrichsen immer wieder streng fragt und über die ganze Situation flucht.

*

Im Fitnessclub hat Karin schon um 8 Uhr vom Bäcker nebenan belegte Brötchen und Kaffee geholt. Nora sitzt relativ entspannt ihr gegenüber an einem kleinen Tisch mit 4 Stühlen. Sie trägt ein hellblaues Tshirt-Kleid von Karin, das ihr gut passt. Nachdem sie noch einen zweiten Kaffeebecher vom Bäcker geholt hat, fragt sie Nora, was passiert ist.

„Die haben mich vor der Disco in einen schwarzen Lieferwagen gezerrt und gefesselt. Die Augen wurden mir verbunden. In einem kalten Kellerraum musste ich mich ausziehen. Ich bekam von einem brutalen Typ immer wieder Schläge und dann fragten sie mich dauernd, wo Marco sich versteckt halten könnte oder welche Freunde er noch hat, ob er Verwandte hat und auch ob ich seine Freundin kenne."

Sie beginnt wieder hektisch zu atmen. Karin lässt ihr Zeit und will wissen, ob sie diese Männer schon mal gesehen hat.

„Einer hatte so ein schiefes Gesicht. Wie ein Monster sah der aus. Der andere war riesengroß. Ich hab die vorher noch nie gesehen. Und dann hat mich dieses Monster mehrmals vergewaltigt. Ich hatte die Wahl: Entweder als Nutte nach Bremen oder Tod."

Karin lässt ihr Zeit und schenkt Kaffee nach.

„Die suchen die Freundin von Marco. Und die suchen wir auch. Alle hoffen, über Marco Spuren zu finden. Irgendwie hat das was mit diesem *XXL-Club* zu tun, wo Marco an der Bar stand und vielleicht auch mit der Familie der Freundin, den Torres. Hast du den Namen schon einmal gehört?" –

„Nein, nie. Die Freundin kannte aber den DJ Mac gut. Die haben sich immer zwischendurch mal in einen hinteren Raum zurückgezogen. Marco war dann meistens auch dabei. Ich hatte den Eindruck, dass die gut befreundet waren." –

126

„Hast du eine Vermutung, wo dieser Keller war?" –

„Nein, es war dort total still."

Während sie sich noch über belanglose Dinge unterhalten, kommt Tobias dazu. Er hat einige Notizen dabei. Die Frachtpapiere belegen teilweise, dass Container aus Rio geordert wurden, aber nur bis Rotterdam. Von dort sind dann offenbar diese Holzkisten mit dem Lkw nach Hamburg gekommen. Offiziell wurden Pumpen und Wassertechniken von der Spedition nach Südamerika geliefert. Was zurückkam, ist nicht verzeichnet, außer auf einem der Papiere, sogenanntes Chia-Getreide.

„Auf dem Notizblock, den ich einfach mitgenommen habe, war die Telefon-Nummer vom *XXL-Club* drauf und „Pia mitgeben" unterstrichen. Ich werde doch beide Clubs besuchen. Mal sehen, ob es da neue Erkenntnisse gibt."

Tobias glaubt, dass sie bald die Verbindungen erkennen können. Auf jeden Fall geht es um Drogen aus Übersee und in den Nachtclubs kann man leicht Geld waschen.

Während Tobias so berichtet meldet sich Nora plötzlich:

„Pia ist die Partnerin vom Inhaber der Spedition. Die waren beide bei mir, als ich dort hingebracht wurde. Dieser Mann hatte mich auch noch mit Schlägen sozusagen verhört und mir klar gemacht, dass meine Überlebenschance nur als Nutte in Bremen besteht. Der Typ ist riesengroß und sieht total brutal aus. Er hat zusammen mit einem dicken schwarzen Mann diesem Raul die Sachen vom Leib gerissen und brutal zusammengeschlagen. Den hatten sie regelrecht gefoltert. Es ging um Drogen. Ich dachte, er bringt ihn jetzt um. Ja, und diese Pia war dabei."

„Also gibt es da wieder Verbindungen zum *XXL-Club*, denke ich", meint Tobias wieder.

Nora macht deutlich, dass sie noch zu sehr Angst hat, um die Sache bei der Polizei anzuzeigen. Sie rechnet damit, dass die alles daran setzen, sie umzubringen. Sie will wenn es geht hier weiter versteckt bleiben. Später will sie zu ihren Eltern. Karin versichert ihr, dass sie hier noch länger bleiben kann. Hier findet sie keiner.

*

Im *XXL-Club* ist es erst 15 Uhr. Rudi Diedrichsen, der Inhaber der Spedition *Inter-Trans* und des *Thai-Clubs* zusammen mit seiner Partnerin Pia treffen sich mit Henry Butt, den Geschäftsführer des *XXL-Clubs* und einen dritten Mann, nur *Nr. 3* genannt, sehr förmlich gekleidet mit schwarzem Anzug, weißen Hemd und dunkelblauer

Krawatte im gut eingerichteten Hinterzimmer. Das Zimmer hat blau gestrichene Wände, Dielenfußboden, ein Fenster mit starker Vergitterung außen und einen Flügelventilator mit Lampe unter der Decke. Die Sessel sind lederbezogen und hellrot. Auf dem länglichen Tisch stehen Gläser und dazu verschiedene Getränke zur Bedienung. Rudi Diedrichsen trägt eine Lederhose wie sie Motorradfahrer lieben und einen schwarzen Rollkragenpullover. Seine dunklen Haare sind streng nach hinten gebunden. Um seinen Hals ist immer eine dicke goldene Kette zu sehen. Seine Partnerin Pia ist auffallend geschminkt, trägt zu schwarzen Leggins einen schwarzen Minirock aus dünnem Leder und ein schwarzes enges Top, das keine nennenswerte Oberweite andeutet. Die Haare sind halblang und typisch thailändisch dunkel. Henry Butt, der rundliche Geschäftsführer des *XXL-Clubs* wirkt bereits um diese Zeit etwas

130

angetrunken. Er ist nervös und beginnt mit ernsten, aber erkennbar aufgesetzten Gesichtsausdruck:

„Was gestern Nacht bei Euch in der Spedition gelaufen ist, wird intern Folgen haben. Es gibt klare Anweisungen von oben: 1. Die Lieferwege können nicht mehr bei euch enden. Alles was noch in euren Hallen liegt, muss sofort in den alten Hafenschuppen nach Finkenwerder. Heute Nacht noch! 2. Der Frachtauftrag wird nicht mehr von der Spedition ausgehen, sondern von einer neuen Firma *Elbe In- und Export*. Deren Standort ist der Hafenschuppen in Finkenwerder. Strohfrau – ich sage ausdrücklich Strohfrau – ist Pia Ninjo. Rudi wird das aber alles organisieren und bleibt Chef im Laden! 3. Und Nr. 3 bleibt allen unbekannt. Er ist und bleibt die Verbindung nach Palermo und Hamburg. Seine Anweisungen erhalten nur ich und Rudi."

Henry Butt atmet schwer durch und ist froh, das alles deutlich und auftragsgemäß gesagt zu haben. Er greift sofort zu seinem Bier und nimmt einen großen Schluck. Alle anderen schweigen eine Weile bis Nr. 3 sich vorbeugt:

„Genauso soll es laufen. Das ist die Anweisung! Ist Pia zuverlässig und geeignet?"

Henry Butt fühlt sich in diesen Moment noch als Chef des Hamburger Zweiges bestätigt und sieht nun auch Pia prüfend an.

Nr. 3 sieht ebenfalls Pia fragend an, die ein typisch zierliches Thai-Mädchen ist und nicht den Eindruck macht, dass sie Geschäfte leiten, geschweige, sich durchsetzen könnte. Rudi Diedrichsen, der direkt neben ihr sitzt, meldet sich mit seinen üblichen rauen Ton:

„Pia gehört mir. Sie macht nur was ich sage. Sie wird für einige Wochen bei euch im *XXL-Club* arbeiten. Darauf bestehe ich. Sie wird hier aber nur an der Bar arbeiten. Niemand fasst sie an! Show, Tanz und gewisse Dienste sind tabu und wenn überhaupt, dann nur bei mir im Club."

Das klang sehr bestimmend und alle anderen nicken. Rudi Diedrichsen hat sich seit Jahren in der Organisation nach oben gearbeitet. Er wird geachtet und wegen seiner Brutalität gefürchtet. Sein jahrelanges Krafttraining hat aus dem Mann ein richtiges Muskelpacket gemacht. Und den *XXL-Club* beherrscht in Wahrheit er. Er baut gerade Tamara dafür auf, lässt aber Henry nach außen den Chef spielen, weil seine eingeübten Finanztransaktionen gebraucht werden. Henry wurde vor drei Wochen von Rudi wegen des Vorfalles im Thai-Club auf seine spezielle Weise zur Rede gestellt. Er hat im *Thai-Club* jede Autorität verloren und kann den Club nicht mehr führen. Henry Butt hatte keine Erklärung und Rudi Diedrichsen hat dann zugelangt, nur so als Warnung und zur Klärung der Verhältnisse. Henry sank dabei zu Boden und jammerte erbärmlich. Er hat sich seitdem Angst vor Rudi Diedrichsen und hat sich untergeordnet. Er stimmt nun alle Anweisungen fast unterwürfig mit ihm ab. Offiziell bleibt er Chef im Club und soll die Mädels mit harter Hand führen. Nur Tamara lässt sich von ihm nichts sagen. Sie weiß, dass er nur noch ein Strohmann ist und Butt ist deswegen unsicher geworden. Sie organisiert den Betrieb an der Bar und mit den Tänzerinnen und Nutten inzwischen auch gegen seine Weisungen und wird von Rudi Diedrichsen gestützt.

„Diese Nora wird irgendwann zur Polizei gehen. Wer wird dafür geopfert, um den Schaden klein zu halten?" fragt Nr. 3 in die Runde.

„Erich wird es sein!" bestimmt Rudi als wäre das schon feststehend.

„Sie wird Fiete beschreiben und er wird schnell ermittelt. Er muss verschwinden. Ich schlage vor, ihn nach Rotterdam zu versetzen", gibt Henry Butt vorsichtig zu bedenken.

„Kommst du nur mit Roman als Türsteher allein klar, wenn Fiete weg ist?" Die Frage geht an Henry und man merkt, dass er Zweifel hat.

Der nickt eindeutig und trinkt schon das dritte Bier von den bereitgestellten Flaschen auf dem Tisch. Henry weiß, dass Roman etwas schwerfällig ist und keinen Respekt vor ihm hat. Sie besprechen noch einige Details wegen einer großen Lieferung, die in zwei Tagen erwartet wird und Rudi Diedrichsen bestimmt die Abläufe und die Personen, die zu helfen haben. Als die Besprechung um 18 Uhr endet, ist Henry Butt schon reichlich angetrunken. Er wartet an der Bar auf Tamara und die anderen. Tamara kommt pünktlich und vor den anderen. Sie schenkt Henry Butt ein großes Glas mit Wodka ein und begleitet ihn in das Hinterzimmer. Sie organisiert dann ohne ihn den Ablauf des Abends.

*

Tobias zieht zu seiner einzigen schwarzen Stoffhose ein weißes Hemd an und das schwarze Sakko dazu. Eine Krawatte bindet er sich nicht um. Er nimmt vorsichtshalber eine kleine Dose Pfefferspray mit. Und natürlich Geld. Karin ist etwas besorgt. Sie hat ein ungutes Bauchgefühl und würde sich nicht wundern, wenn die wissen, wer Nora befreit hat. Sie will auf jeden Fall auf der Reeperbahn und später in der Hafenstraße parken, um notfalls eine Flucht zu unterstützen. Sie fahren mit Karins rotem Golf zuerst zur Reeperbahn. Kurz vor dem Hans-Albers-Platz beim

Taxistand findet Karin einen Parkplatz. Tobias steigt aus und geht das kleine Stück zurück zum Hans-Albers-Platz und sieht gleich links den *Thai-Club* mit großer Leuchtschrift. Es ist kurz vor 23 Uhr und das Geschäft in den Clubs beginnt allmählich. Rechts neben dem Eingang gibt es einen großen verglasten und beleuchteten Kasten mit Fotos von den Tänzerinnen und Nutten des Thai-Clubs. Es sind alles Thai-Mädchen auf den Fotos. An der Tür steht ein bulliger Typ, der ihn schon mustert. Tobias geht an ihn vorbei und betritt den Club durch einen schweren roten Vorhang. Die Musik ist leise. Das Licht gedämpft. An der Bar setzt er sich auf einen Hocker vor den Tresen. Gegenüber bedient ein Thaimädchen mit einem sehr durchsichtigen kurzen Kleid und lächelt ihn an. Tobias schaut sich um. Gegenüber der Bar gibt es einige Tische und Sessel. Nur drei ältere Männer sitzen da und ein Thai-Mädchen mit Minirock und winzigen Oberteil bedient sie mit Getränken. Die Show auf der Bühne hat noch nicht begonnen. Tobias fragt am Tresen danach.

„Um Mitternacht kommt eine Tänzerin oder ist es ein Mann, das weiß man zuerst nicht so genau." Sie lacht dabei gewinnend und schiebt Tobias das bestellte Bier über den Tresen.

Von hinten kommt kurz darauf ein Hüne von Mann an den Tresen und bestellt mit rauer Stimme eine Flasche Champagner und drei Gläser. Das Bar-Mädchen nickt nur und hat im Nu aus dem Kühlschrank eine Flasche gegriffen.

„War das der Chef?" fragt Tobias.

„Ja, das ist Rudi", bestätigt das Mädchen lächelnd.

Tobias trinkt das Bier und erkennt ihn. Dieser Rudi ist auch der Inhaber der Spedition.

„Und wie ist dein Name?" fragt Tobias das Thaimädchen.

Sie lächelt ihn an und beugt sich über den Tresen.

„Ich bin Nina und fast jeden Tag hier. Ich erfülle dir alle Wünsche. Aber es kommen noch zwei weitere Mädels, die dir auch gefallen werden."

Tobias nickt freundlich und bezahlt dann sein Bier. Er hat zunächst genug gesehen. Ohne Eile geht er zum Auto, wo Karin wartet. Sie fahren weiter zur Hafenstraße, um dem *XXL-Club* einen Besuch abzustatten.

Es ist fast Mitternacht und Freitag, also eine günstige Zeit für mehr Publikum in den Nachtclubs. Karin parkt auf der gegenüber liegenden Straßenseite, um sofort in Richtung Stadtmitte abfahren zu können. Sie befürchtet, dass hier Gefahr droht.

Tobias geht ganz ruhig durch den dunklen Gang zwischen den Häusern. Jetzt wird der Gang von zwei kleinen Lampen beleuchtet. Tobias biegt links auf den kleinen Innenhof ab. Die Leuchtreklame mit dem roten XXL ist eingeschaltet und beleuchtet den kleinen Innenhof. An der Tür zum Club steht ein Mann mit Lederjacke und einem auffallend schiefen Gesicht. Tobias grüßt ihn und wird genau gemustert:

„Schon mal hier gewesen?" fragt der Mann ihn.

„Ja, ist aber schon eine Weile her", behauptet Tobias frech.

Der Türsteher macht ihm Platz und Tobias geht durch die Tür in die Bar. An drei Stangen tanzen zwei junge Frauen zu bekannter Rockmusik aus den 60er und 70er-Jahren. Sie sind noch nicht ganz unbekleidet, aber oben ohne mit unterschiedlich üppiger Figur. An den kleinen runden Tischen mit jeweils zwei gepolsterten Stühlen sitzen insgesamt 5 Männer. Zwei sitzen zusammen, die anderen jeweils allein. Sie trinken, wie Tobias wahrnimmt, alle nur Bier. Weiter hinten im Raum gibt es eine Bühne mit roten und blauen Vorhängen. Die Show wird wohl später beginnen. Hinter dem Tresen stehen zwei Frauen. Eine rothaarige schlanke Frau, die wohl Anfang 50 sein könnte und eine Thailänderin, kleiner und zierlich mit einem Lächeln, das irgendwie auf Tobias einen etwas gequälten Eindruck macht. Beide tragen nur einen Slip mit einer winzigen Schürze und Strapse. Die ältere von beiden hat eine kräftige Figur und große Brüste, die aber sehr gut geformt sind und durchaus operativ nachgeformt sein können. Die Thailänderin hat winzige flache Brüste und man würde sie für minderjährig halten, wenn nicht ihr Gesicht etwas herbe wirkt und deutlich ältere Züge hätte. Im Service läuft Lara, ein junges ziemlich großes Mädchen mit einem Tablett herum. Sie trägt nur eine winzige weiße Schürze und soll zu mehr als nur Getränke animieren. Aber auch die Thai läuft hin und wieder zu den Gästen an die Tische. Tobias setzt sich auf einen Barhocker im Bereich der Thai-Bedienung. Er glaubt, dass er eher von ihr etwas erfahren würde. Sie kommt von einem der Tische zurück und stellt sich direkt vor ihn hin.

„Na, was soll es sein? Bier, Schampus oder auch ein Mädchen?" –

„Bist du zu haben?" fragt Tobias einfach zurück und sieht ihr freundlich in die Augen.

„Heute nicht, aber in einer Stunde kommen noch zwei Asiatinnen. Die werden dir gefallen." –

„Dann nehme ich erst einmal ein Bier."

Sie geht um den Tresen herum und beginnt ein Bier zu zapfen. Tobias dreht sich mit dem Barhocker um und schaut zu den halbnackten Damen an der Stange. Da nähert sich Lara lächelnd und sucht den Körperkontakt. Sie ist ziemlich groß und irgendwie dünn und knochig.

„Ich bin eigentlich nur hier, um Marco zu treffen. Ich bin sein Onkel und bekomme über Handy keinen Kontakt zu ihm. Kommt er heute noch?" fragt Tobias sie sehr leise und kommt dazu auch näher an sie heran.

Lara schaut ihn unsicher an und sieht zum Tresen, ob die Frage dort vielleicht auch gehört wurde. Aber die beiden Bardamen sind beschäftigt, weil gerade neue Gäste an den Tresen gekommen sind.

„Der ist seit zwei Wochen nicht mehr hier. Keine Ahnung, wo er jetzt arbeitet."
–

„Er soll ja eine neue Freundin haben. Das war die letzte Meldung von ihm", behauptet Tobias.

Lara wird sichtlich unsicher und will nicht weiter reden. Tobias merkt es und sagt leise:

„Morgen um 11 Uhr im Alsterpavillon?"

Sie nickt nur dezent und entfernt sich rasch.

Da ruft von hinten ein kleiner dicker Mann den Namen Pia. Die kleine Thai reagiert sofort und eilt nach hinten. Auch die andere Barfrau eilt auf einmal nach hinten. Es dauert nur wenige Minuten. Die Thailänderin kommt mit schnellen Schritten zurück und zapft das Bier für Tobias weiter. Tobias spürt sofort, dass etwas nicht stimmt. Dann sieht er zu Lara, die sich kurz zu ihm umdreht und dann mit einem ernsten Gesicht ihren Kopf in Richtung Ausgang nickt. Tobias versteht. Er muss schnell verschwinden ehe die brutalen Türsteher oder Rausschmeißer tätig werden. Als in diesem Moment zwei weitere Gäste angetrunken und lautstark zum Tresen kommen und alle Blicke auf sich ziehen, verlässt Tobias blitzschnell den Club. Der Türsteher ist überrascht, hat zum Glück noch keine Weisung. Tobias erreicht im Laufschritt die Hafenstraße und Karins roten Golf.

„Die wissen wer wir sind! Diese Pia war am Tresen und ein anderes Mädchen hat mir ein Zeichen gegeben, dass ich gehen sollte. Die treffe ich übrigens morgen um 11 Uhr im Alsterpavillon. Aber ich glaube, dass diese Pia viel mehr weiß. Die müssen wir irgendwie finden." –

„Die darf nichts sagen. Denk nur an diesen Mann, den wir auch befreit haben. Die lassen niemanden los. Und diese Pia ist doch voll dabei." –

„Eben, deswegen weiß die viel. Aber wie kommen wir an die ran?"

Karin hat wohl Recht, denkt Tobias. Diese Pia wird nichts freiwillig sagen. Karin erreicht das Büro in der Dorotheenstraße und beide setzen sich mitten in der Nacht zusammen und überlegen, wie sie weiter vorgehen sollten. Karin holt für beide eine Flasche Bier aus dem Kühlschrank.

„Diese Pia weiß sicher eine Menge von all den Verbindungen. Wir sollten sie kidnappen", schlägt Karin vor.

„Wie das? Kidnappen?" fragt Tobias überrascht. Das haben sie noch nie gemacht.

„Wenn wir die auf ihrem Heimweg abfangen und drohen, sie nur etwas länger festzuhalten, bekommt die doch die Panik." –

„Verstehe ich nicht." –

„Wenn die nicht pünktlich zur Arbeit kommt, wird sie verdächtigt. Und sie weiß, dass sie dann auf deren Weise verhört wird und um ihr Leben fürchten muss. Wir können auch drohen, dass wir denen stecken, sie habe gesungen. Dann hat sie keine Wahl." –

„Das ist ja klassische Erpressung!" meinte Tobias etwas erschrocken.

„Komm' wir fahren wieder hin, aber jetzt mit deinem Wagen und beobachten, wann sie geht. Wir wissen doch, dass sie die Partnerin dieses Speditionsinhabers ist. Sie wird dorthin fahren, evtl. abgeholt oder auch mal mit Taxi. Das müssen wir zuerst feststellen. Wenn sich eine Gelegenheit ergibt, schlagen wir zu, auch heute noch."

Tobias staunt über Karins Planung und Energie. Ihm ist überhaupt nicht Wohl bei diesem Gedanken. Ihm geht das alles zu schnell. Aber Karins Idee ist natürlich gut.

Die Uhr zeigt jetzt auf 1 Uhr und beide sind sich einig, dass das eine günstige Zeit ist, um den *XXL-Club* zu beobachten. Sie nehmen Nachtsichtgläser und eine gute Kamera mit. Tobias fährt jetzt mit seinem alten Ford Mondeo und parkt wieder gegenüber der kleinen dunklen Gasse in der Hafenstraße. Von dort aus beobachten sie alle Bewegungen von und zum Club. Eine halbe Stunde bleibt alles ruhig. Dann um 2 Uhr sehen sie die ersten Männer zum Club gehen. Zwei ältere Männer mit Elbseglern auf den Köpfen und dunklen Mänteln gehen in angeregtem Gespräch den dunklen Gang entlang. Kurz darauf kommen umgekehrt vom Club vier Männer. Offenbar eine Gruppe, die etwas erleben will. Sie lachen und sind angetrunken. Karin fotografiert sie vorsorglich. Eigentlich für einen Freitag überraschend wenig Gäste.

Nach 2 Uhr bewegt sich nichts mehr. Beide sind schon müde geworden und wollen abbrechen, als um kurz nach 3 Uhr die beiden Tänzerinnen den schmalen Gang zur Hafenstraße kommen und eilig in Richtung Zentrum laufen. Etwa um 4 Uhr sehen sie, dass der Türsteher geht. Karin fotografiert ihn schnell. Es ist der Mann mit dem schiefen Gesicht. Offenbar schließt der Club. Kurz darauf kommt tatsächlich diese Pia, mit einem hellblauen Regenmantel bekleidet. Sie hat einen durchsichtigen Regenschirm dabei, weil es seit einer Stunde zu regnen begonnen hat. Sie überquert die Hafenstraße zu der Seite, wo Tobias Ford parkt. Tobias vermutet, dass irgendwo am Rand vielleicht ihr Auto steht oder sie sucht ein Stück weiter ein Taxi. Sie kommt jedenfalls auf ihrer Straßenseite immer näher.

„Die schnappen wir uns jetzt!" ruft Karin und Tobias sieht sie erschrocken an.

„Was, jetzt?" ruft er zurück, ist aber zum Zugriff auf Pia bereit. Diese Planung macht ihn richtig nervös. Hoffentlich geht das alles gut.

Tobias und Karin steigen vorsichtig auf der Straßenseite gebückt aus und als Pia den Wagen erreicht, kommt Tobias von vorn und Karin von hinten. Sie packen sie zeitgleich und Karin öffnet mit einer freien Hand die hintere Tür, während Tobias die wild um sich schlagende Frau von vorn umklammert festhält. Pia schreit nur kurz auf, aber sie wehrt sich energisch und sie haben Mühe, sie festzuhalten. Sie müssen sie so schnell wie möglich auf die Rückbank des Wagens drücken. Karin sieht, dass es so nicht gelingt, denn Pia hat inzwischen Tobias sogar etwas zurück geschoben.

„Du musst sie von der anderen Seite in den Wagen ziehen. Ich drücke sie auf dieser Seite rein!" schreit Karin und umklammert die Frau nun von hinten.

Tobias lässt los und Karin braucht alle Kraft, um Pia wieder zur hinteren Tür des Autos zu ziehen. Die Thaifrau windet sich aber aus der Umklammerung heraus und Karin gelingt es nicht, sie weiter von hinten zu umklammern und festzuhalten. Pia dreht sich blitzschnell um und umklammert ihrerseits Karin von vorn. Sie hat dabei sogar Karins Handgelenke gegriffen und ihre Arme nach hinten gedrückt. Karin stemmt sich mit aller Kraft dagegen, kann ihre Arme wieder befreien, wundert sich aber über die Energie der kleineren Frau. Sie hat jetzt ihrerseits die Handgelenke von Pia umklammert und schiebt sie jetzt mit aller Kraft irgendwie auf die Rückbank. Tobias hat inzwischen die hintere Tür auf der anderen Seite seines Autos geöffnet und ist bereit, die Frau auf die Rückbank zu ziehen. Karin hat diese Thailänderin zwar jetzt ein Stück auf die Rückbank geschoben, aber die stößt nun mit ihren High Heels und mit voller Wucht gegen ihr rechtes Knie. Karin weicht mit einem kurzen Aufschrei zurück und muss die Frau dabei loslassen. Sie sinkt mit dem betroffenen Knie auf die Straße und stützt sich mit einer Hand seitlich ab. Pia stößt sofort mit ihrem anderen Bein nach, so dass Karin nach hinten auf die Straße fällt. Ehe Tobias sie von der anderen Seite greifen kann ist sie schon wieder ausgestiegen. Karin kommt schnell hoch, knickt aber vor Schmerz im Knie sofort wieder ein und will trotzdem noch von unten nach Pia greifen. Die steht aber schon direkt vor Karin und stößt ihr brutal das Knie ins Gesicht. Karin schreit kurz auf und sinkt zurück. Sie hält beide Hände vors Gesicht und fällt auf den nassen Gehsteig. Und da läuft die Thailänderin schon davon. Tobias ist zu spät um den Wagen herum und hilft nun seine Partnerin hoch. Karin hockt am Boden, hält beide Hände vor ihr Gesicht und ist kurz benommen. Die Nase blutet und sie kommt nur langsam mit Tobias Hilfe hoch, kann aber nur unter Schmerzen und humpelnd ins Auto steigen. Ihr erster Versuch eines Kidnappings ist grandios gescheitert. Sie haben diese Thai total unterschätzt. Mit einem Taschentuch vor ihrer Nase erreichen beide spät in der Nacht die Wohnung.

*

Im englischen Herrenzimmer zieht der offene Kamin schlecht. Das feuchte Wetter und der starke Wind drücken auf den Schornstein. Der alte Herr legt kein weiteres Holz auf und lässt die erste Lage verglühen. Dazu kann er eine Glasscheibe zuschieben, so dass kein Rauch in das Zimmer kommt. Er setzt sich in einen der schönen Ledersessel und steckt sich eine der teuren Zigarren an, die er in einer besonderen Holzschachtel vorhält. Auf Knopfdruck erscheint das junge Mädchen und ehe sie fragt, ordert er ungewöhnlich knapp und ohne freundliche Floskel eine Kanne Darjeeling-Tee, First-Flash ohne Zucker. Sie nickt nur und schließt die Tür. Sie merkt, dass es offenbar Probleme gibt. Das Telefonat vor einer Stunde hat den alten Herrn tatsächlich beunruhigt. Die schlechten Nachrichten sind seit 2 Wochen ohne Abbruch. Was läuft da falsch? Gibt es einen Verräter? Muss ein Zweig abgeschnitten oder noch konsequenter liquidiert werden? In einigen Minuten kommen die Herren des Hamburger Zweigs. Er fragt sich ernsthaft, ob dieser Henry Butt überhaupt noch der richtige Mann für die Steuerung des Hamburger Zweiges ist? Oder ist er jetzt das Problem? Vor 10 Jahren funktionierte es mit diesem Butt gut. Seit zwei Jahren kommen dem alten Herrn Zweifel und jetzt mehren sich seltsame Vorfälle. Außerdem kommt ihm zu Ohren, dass dieser Spediteur im Hintergrund nach der Führung greift. Es muss nun klare Entscheidungen geben.

Der Tee kommt. Das Mädchen trägt freundlich auf und schenkt die erste Tasse ein. Die Zieh-Zeit hat sie schon in der Küche abgewartet. Der Tee ist jetzt perfekt und goldgelb in der Tasse. Der alte Herr lächelt jetzt und streicht ihr zärtlich über einen Arm. Sie geht wieder aus dem Zimmer und schaut schon wieder hinein:

„Die Herren sind da!" sagt sie leise und lässt die Tür offen, um die zwei Männer hineinzulassen.

Der alte Herr bietet ihnen Platz in den anderen Ledersesseln an. Das junge Mädchen kommt auf Zuruf und schenkt allen Tee ein. Als sie wieder die Tür hinter sich schließt, sagt der Alte nur:

„Nr. 3, bitte berichten sie mir!"

Nr. 3, auch in diesem Kreis kennt keiner außer der Alte den Namen, nimmt genüsslich zuerst einen Schluck Tee, sieht zur Seite zum lediglich glühenden

Kamin, dann wieder zum Alten. Henry Butt sitzt schwitzend neben ihm. Sein schwarzes Sakko hat schon lange keine Reinigung gesehen und ist im Achselbereich erkennbar durchgeschwitzt. Der alte Herr bemerkt auch einen unangenehmen Schweißgeruch.

„Der Detektiv ist jetzt zu weit gegangen. Er konnte das Mädchen und auch Raul befreien. Rudis Leute haben versagt. Raul ist geflohen. Seine Familie wird wohl noch Probleme machen. Das wird aber kaum relevant sein. Aber das Mädchen wurde befreit. Die wird zur Polizei gehen und ihre Peiniger beschreiben."

So knapp und kurz berichtet Nr. 3 immer. Henry Butt wird bei dem Bericht auffallend nervös und sein rundlicher Kopf wird dunkelrot. Aber er ist irgendwie erleichtert, dass diesmal der Fehler nicht bei ihm liegt und ein wenig schadenfroh, weil Rudi Diedrichsens

Leute versagt haben. Allerdings ist er immer noch, jedenfalls offiziell, der 1. Mann im Hamburger Zweig und hat auch diese Fehler zu verantworten. Butt weiß aber um seine Machtlosigkeit. Nr. 3 ergänzt:

„Die Spedition wird gereinigt und ausgeschaltet. Pia wird als Strohfrau die Fracht nach Finkenwerder ordern. Sie arbeitet jetzt vorübergehend im *XXL-Club*.“

Der alte Herr schweigt noch und nimmt einen neuen Schluck aus der Tasse. Er stellt sie fast geräuschlos auf die Untertasse und lehnt sich zurück.

„Der Detektiv muss gestoppt werden. Gestoppt habe ich gesagt, nicht umbringen. Wir müssen vorsichtig sein und nicht noch polizeiliche Ermittlungen wegen eines Mordes provozieren. Und seine Partnerin könnte notfalls als

Druckmittel dienen. Das ist ein Auftrag an dich, Henry!"

Der Alte macht jetzt eine Pause und nimmt den letzten Schluck Tee aus seiner Tasse. Henry Butt nickt eifrig und wischt sich mit dem Ärmel seines Sakkos den Schweiß von der Stirn. Der Alte fährt dann fort:

„Pia muss noch beobachtet werden. Es ist gut, dass sie im *XXL-Club* arbeitet. Es gibt leider einen Maulwurf, den wir noch nicht kennen. Wir überlegen, ob wir den Hamburger Zweig tot legen! Im schlimmsten Fall gibt es nur diese Lösung."

Der Alte hat das alles sehr ruhig aber bestimmt geäußert. Alle spüren, dass Widerspruch nicht erwünscht ist. Sie wissen, dass die Lage ernst ist und damit auch die finanziellen Erlöse des Hamburger Zweigs in Gefahr stehen.

„Und zuletzt zur Warnung an euch. Nr. 2 ist dabei, ein neues Hamburger Netz aufzubauen. Das könnte Ersatz werden, wenn die Dinge nicht bereinigt werden."

Das war für die Besucher deutlich. Und insgeheim trauten sie sich inzwischen gegenseitig nicht mehr über den Weg. Nach den üblichen Anweisungen für die Abläufe einer neuen Fracht verabschieden sich die beiden Männer und verlassen das Herrenzimmer.

*

Tobias Alff schafft es gerade noch, pünktlich um 11 Uhr in den Alsterpavillon zu kommen. Er ist gespannt, ob diese Lara ihn dort tatsächlich treffen will. Es regnet schon seit den frühen Morgen und im Alsterpavillon ist nicht viel los. Tobias geht durch den Gastraum und auf einmal winkt ihm eine Frau unauffällig zu. Er hätte sie nicht erkannt. Sie trägt jetzt ihre Haare offen. Lange dunkelblonde Haare mit leichten lockigen Wellen. Sie trägt Jeans, High Heels und einen dunkelgrünen Rollkragenpullover. Einen bunten Wollschal hat sie zusätzlich um ihren Hals gewickelt. Tobias Alff setzt sich zu ihr an einen Vierertisch, der etwas abseits steht und an dessen Nebentischen gerade keine Gäste Platz genommen haben. Sie grüßt ihn mit einem Lächeln und nennt noch einmal ihren Namen: Lara. Tobias nickt und ehe er etwas sagen kann, steht eine junge Service-Kraft neben ihn. Er schaut Lara fragend an und sie bestellt eine heiße Schokolade. Tobias ordert ein Kännchen Kaffee.

„Du weißt wahrscheinlich, wer ich bin", fängt er an, „mein Auftrag ist, die Tochter von der Familie Torres, eine 19jährige Marie, zu suchen. Sie ist seit 2 Wochen vermisst." –

„Ich weiß!" erwidert sie und versucht einen Schluck von der heißen Schokolade zu nehmen, die gerade serviert wurde. Sie muss den Becher aber noch zurückstellen, denn der Inhalt ist zu heiß.

„Nicht nur Marie ist verschwunden, sondern zeitgleich auch ihr Freund Marco, der im *XXL-Club* Barkeeper war. Du hast ihn gekannt!" Tobias schaut sie prüfend an und Lara lehnt sich zurück und überlegt kurz.

Lara schaut sich erneut prüfend um, ob nicht etwa Leute von Henry Butt in der Nähe sind und sie beobachten. Ein Mann mit dunkler Sonnenbrille steht gerade zwei Tische weiter auf, nimmt seine Lederjacke und geht. Jetzt erst schaut sie wieder Tobias Alff an.

„Marco und ich wären fast ein Paar geworden. Dann kam diese Marie. Ich war traurig, aber bin bis heute immer noch ein wenig verliebt in Marco. Ich bin nicht sicher, aber vermute, dass sie ihn umgebracht haben." –

„Wer hat ihn evtl. umgebracht?" –

„Wahrscheinlich einer unserer Türsteher. Fiete wäre dazu locker in der Lage. Henry Butt, unser Chef, wird damit zu tun haben. Er und einige Leute von Rudi Diedrichsen suchen hauptsächlich diese Marie, die wohl zu viel weiß. Mir war irgendwann klar, dass Marco die Geschäfte ausspionieren wollte." Lara schaut sich bei diesen Worten wieder vorsichtig um, ob auch nicht irgendein Spitzel aus dem Club mithört. Obwohl niemand in der Nähe ist, wirkt sie sehr unsicher.

„Es geht um Drogen und Geldwäsche, oder?" fragt Tobias jetzt direkt.

Lara nickt und wird etwas nervös. Sie fühlt sich plötzlich wie eine Verräterin. Eigentlich gefällt es ihr im Club ganz gut. Sie wird von Tamara gegen Übergriffe von Butt geschützt und mit den Türstehern gibt es keine Probleme. Aber dieser Rudi Diedrichsen kommt häufiger. Der ist gefährlich und Henry Butt hat Angst vor ihm. Es bahnt sich offenbar eine Veränderung der Struktur an. Und nun verrät sie interne Dinge an diesen Detektiv. Und sie gesteht sich ein, dass sie diesen Mann nicht nur sympathisch findet.

„Im Club wird an den Abenden nicht viel eingenommen, aber es werden immer große Summen zur Bank gebracht. Henry Butt organisiert das mit dem Geld. Ich habe nur mal mitbekommen, dass die Drogen von Rio nach Rotterdam geliefert werden." –

„Welche Männer leiten das Ganze? Wer ist Henry Butt? Ist das ein großes Tier?"

Lara beginnt zu lachen.

„Das war er mal. Er ist ein fieser Idiot. Er hat früher viele Mädchen geradezu auf sadistische Weise behandelt und auch mich früher geschlagen. Aber er ist jetzt ein Alkoholiker, dick und fett geworden und wird langsam von oben abgesägt. Tamara leitet inzwischen den Club und dieser Alkoholiker traut sich nicht, ihr zu widersprechen. Ich weiß nicht, was da passiert ist. Er ist seit einiger Zeit ihr gegenüber unsicher geworden. Inzwischen greift aber dieser Diedrichsen nach der Macht. Alle haben richtig Angst vor ihm. Es gibt wohl noch andere Leute, die niemand kennt. Einer von denen wird nur Nr. 3 genannt. Der grüßt niemanden und geht einfach durch zum Hinterzimmer." –

„Und warum traust du dich, mir das alles zu erzählen?" –

„Ich hoffe, dass Marco noch lebt und du ihn findest. Und ich wäre froh, wenn dieser besoffene Butt völlig kaltgestellt wird. Mit Tamara komme ich gut klar. Sie ist zwar herrisch, aber fair."

Lara wischt sich Tränen aus den Augen und schnäuzt sich. Sie sieht sich wieder vorsichtig um, kann aber niemanden entdecken, der sie jetzt beobachtet. Tobias trinkt den letzten Schluck Kaffee aus und will noch mehr wissen:

„Hast du denn eine Idee, wo Marco und Marie sein könnten?" –

„Marco hat einen Onkel in Uetersen, der auch in Scharbeutz eine Wohnung hat. Zu dem hatte er immer einen guten Kontakt. Marco wollte übrigens mir einen Stick mit seinen Ergebnissen geben. Dazu ist es nicht mehr gekommen. Er muss geheime Verbindungen herausgefunden haben, die ich nicht kenne."

Tobias nimmt sein Smartphone und zeigt ihr ein Foto von Lorenzo Torres.

„Das ist der Stiefvater von Marie. Wir glauben, dass er mit den Geschäften und ihrer Flucht zu tun hat. War er mal im

Club? Hast du den Namen Torres dort mal zufällig gehört?" –

„Den Mann habe ich noch nie gesehen. Aber Marco hat den Namen einmal erwähnt und angedeutet, dass er allmählich dem Kopf der ganzen Sache auf der Spur ist. Vielleicht hat er ihn gemeint." –

„Wie geht es weiter im Club, wenn der Chef abgesägt wird?" –

Lara lacht wieder. Sie kann ihren Chef, diesen Henry Butt, nicht mehr respektieren und hasst ihn. Seit er aber vor Tamara Angst hat, hat sie ihre Angst vor ihm auch verloren.

„Henry Butt ist inzwischen ein alkoholabhängiger Mann – und Mann kann man ihn wohl auch nicht mehr nennen. Wenn du weiter erfolgreich deine Nase in die Geschäfte steckst, wird das alles auf Henry Butt zurückfallen. Die werden ihn absägen und vielleicht auch umbringen. Ich hätte kein Mitleid mit ihm."

Tobias überlegt wie sie weiter in Kontakt bleiben können. Eine Visitenkarte wäre zu gefährlich.

„Hast du in deiner Handtasche Zettel mit Telefonnummern und Adressen? Ich würde dir gern meine Handy-Nr. verklausselt mit zwei Zahlen davor und zwei dahinter diktieren. Falls du noch was herausfindest, würde ich mich freuen, wenn du dich meldest."

Lara sucht in ihrer Handtasche und holt ein kleines Adressbuch hervor. Tobias zeigt ihr eine seiner Visitenkarten und schreibt jeweils zwei Zahlen davor und dahinter. Lara schreibt diese Nummer ab, bezeichnet sie als Pin und steckt ihr Büchlein wieder ein. Dann verabschieden sie sich und Tobias fährt wieder ins Büro zurück.

*

Zwei Tage später bestellt Henry Butt seinen Türsteher und auch Tamara schon um 14 Uhr zur Besprechung in den *XXL-Club* ein. Er will nicht lange warten und noch an diesem Tag diesem Detektiv einen Denkzettel verpassen. Sein Problem: Einer der Türsteher und Rausschmeißer ist bereits nach Rotterdam abgeordnet. Das ist Fiete, der jetzt fehlt. Er hat nur noch Roman. Roman stammt aus Albanien, kann wenig Deutsch, ist Analphabet und geistig etwas schwerfällig. Aber er ist groß und breit, kann zuschlagen und ist absolut loyal. Butt weiß aber noch nicht, ob er ihn allein hinschicken kann.

Sie treffen sich pünktlich kurz vor 14 Uhr und setzen sich an den Tresen. Henry Butt lässt sich von Tamara gleich ein Bier zapfen und einen Wodka einschenken. Dann gibt er den Auftrag bekannt und sieht dabei Roman an:

„Wir müssen diesem Detektiv Alff einen Denkzettel verpassen. Er ist zu weit gegangen und könnte unsere Geschäfte stören. Er muss gestoppt werden! Ich möchte das noch heute am Nachmittag erledigen."

Roman nickt zustimmend, sagt aber nichts und bittet Tamara auch um ein Bier. Tamara schaut Henry an:

„Soll Roman das allein machen?"

Henry Butt hebt seine Augenbrauen und bekommt einen nachdenklichen Gesichtsausdruck. Er schiebt das leere Glas zu Tamara und sie füllt wortlos einen Wodka nach.

„Wie ihr wisst, ist Fiete in Rotterdam. Wir müssen das aber zu zweit machen. Und diese Motorrad-Gang von Rudi ist zu unberechenbar. Die würden das sofort übernehmen, aber Alff darf eben nicht umgebracht werden. Das ist wichtig! Das kann ich nicht aus meiner Kontrolle geben."

Henry Butt setzt sich auf einen Barhocker, kippt den Wodka in sich rein und sieht etwas ratlos zu Tamara. Seine Hände zittern. Sie steht auf der anderen Seite des Tresens und bemüht sich, keinen verächtlichen Gesichtsausdruck zu machen. Dann stützt sie sich auf den Tresen und sieht ihn direkt an.

„Ist doch klar, dann machst du es zusammen mit Roman. Oder soll ich mitkommen?"

Tamara sagt es mit einer gewissen Ironie, dass Henry sie ganz kurz erschrocken ansieht. Er weiß in diesem Moment, dass es keine andere Lösung gibt. Früher wäre das keine Frage, aber er ist seit Jahren so unsicher geworden, vom Alkohol verweichlicht und hält nur eine Fassade mühsam aufrecht. Henry Butt schweigt eine Weile und dann steht er vom Barhocker auf und gibt sich entschlossen.

„Klar, Roman und ich werden das natürlich machen und zwar heute noch!"

Beide nehmen ihre Lederjacken und verlassen entschlossen den Club. Sie fahren mit Romans Nissan Pickup in die Dorotheenstraße und zuerst langsam am Büro vorbei. Henry Butt glaubt im Fenster des Büros eine Bewegung zu sehen. Dieser Detektiv scheint dort zu sein. Also ein passender Moment für ihre Aktion. Roman dreht um und parkt den Wagen im Halteverbot ein Stück vor dem Büro des Detektives. Henry Butt setzt eine dunkle Sonnenbrille auf und sieht damit schon ein ganzes Stück gefährlicher aus. Er hat sicherheitshalber noch einen Flachmann mit Wodka eingesteckt, nimmt einen Schluck daraus und zeigt mit dem Finger.

„Da vorn links, die blaue Tür. Siehst du sie? Das ist der Eingang zu diesem Alff. Bekommst du das allein hin?"

Roman hat auch eine dunkle Brille auf. Er hat volles pechschwarzes Haar, mit Pomade streng nach hinten gelegt und ist überdurchschnittlich groß. Er blickt suchend in die Richtung, in die Henry zeigt und nickt dann.

„Was heißt Denkzettel?" fragt er Henry. Das Wort kennt er nicht. Er fürchtet nämlich, dass er etwas auf einen Zettel schreiben soll. Er ist Analphabet und kann das natürlich nicht.

„Das heißt: Auf die Fresse hauen!" antwortet Henry klar und deutlich.

Roman kratzt sich am Kopf.

„Einmal nur?" fragt er weiter.

Henry Butt lacht und nimmt noch einen Schluck aus dem Flachmann.

„Nein, drei Mal!" –

„Gut. Drei Mal. Und soll ich was sagen?" –

„Nein, nein. Den Grund erfährt er später", beruhigt ihn Henry.

Roman steigt aus und geht ganz langsam zu der blauen Tür, die Henry ihm gezeigt hat. Er hat keine Angst. Wenn es darum geht, anderen aufs Maul zu hauen, ist er der Richtige. Groß und breit, ohne Skrupel. Die blaue Tür ist nicht verschlossen, aber hinter der Tür gibt es auf beiden Seiten jeweils eine Tür. Geradeaus sieht Roman eine Treppe, die nach oben führt. Die linke Tür führt in das Büro von Tobias Alff, die rechte Tür in das Büro vom Hausmeisterservice Peter Hansen. Zwar befinden sich an den Türen eindeutige Schilder, die Roman leider nicht lesen kann. Da er von rechts Geräusche hört, betritt er das Büro rechts, das Büro von Peter Hansen. Der sitzt hinter einem Schreibtisch, ein Mann um die 40 mit Halbglatze, Nickelbrille und mit einem grauen Pullover gekleidet, schaut ihn freundlich lächelnd an, reicht Roman die Hand hin und zeigt mit der anderen Hand auf einen Stuhl vor seinen Schreibtisch. Roman ist etwas verunsichert und bleibt stehen und denkt angestrengt nach. Der sieht ja wie ein Weichei aus und wird hier noch komisch! Ehe er zu einem Entschluss kommt, reicht Peter Hansen ihm einen Prospekt hin. „Hier sind unsere Leistungen aufgeführt."

Roman stutzt und fühlt sich von diesem verfluchten Alff oder wie der heißt verarscht. Dieser Alff soll sich doch wie ein Mann verhalten und kampfbereit vor ihn hinstellen. Dann ist die Sache klar. Und dann ist es soweit. Er langt hin. Der Faustschlag ist hart und Peter Hansen, der gerade zur Begrüßung aufgestanden war, fällt nach hinten. Sein Stuhl kippt laut polternd um. Peter Hansen sitzt völlig erschrocken am Boden und haucht jammernd einen Hilfeschrei. Die Nickelbrille liegt ein Stück weiter am Boden. Roman findet die ganze Situation komisch. Einmal aufs Maul und dieser Alff jammert wie ein Würstchen. Wahrscheinlich reicht einmal. Roman wendet sich zum großen Fenster und will sich eine Zigarette anstecken und schaut aus dem Fenster zur Straße. Der niedergeschlagene Mann winselt immer noch. Was für ein Schwächling, dieser Alff. Er bemerkt aber zu spät, dass sich jemand von hinten nähert. Da trifft ihn eine heiße Bratpfanne aus Gusseisen mit einem Gong, dem Bigben in London nicht unähnlich, am Hinterkopf. Die Ehefrau von Peter Hansen, die im hinteren Raum auf einer kleinen Pantry-Küche gerade Essen zubereiten wollte, hat den Vorgang an der Tür gesehen und sofort die Bratpfanne von der Herdplatte genommen. Sie gehört zu den Frauen, die spontan und resolut reagieren.

Roman sinkt in ganzer Länge langsam zu Boden und verliert für kurze Zeit das Bewusstsein. Er liegt lang ausgestreckt auf dem Boden vor dem Schreibtisch von Peter Hansen. Das Ehepaar fesselt ihn flugs mit Packet-Klebeband an Händen und Füßen und der Mann ruft telefonisch die Polizei.

Henry Butt sitzt noch im Pickup und wartet schon ungeduldig. Der Flachmann ist leer und er sieht etwas unruhig auf die Uhr. Warum dauert das so lange? Hat Roman diesen Detektiv nicht überwältigen können? Gibt es andere Probleme? Was ist da los? Und dann sieht er den Polizeiwagen, der mit Blaulicht direkt vor dieser blauen Tür hält. Zwei Beamte gehen hinein und führen kurz darauf Roman in gebeugter Haltung und in Handschellen gefesselt in den Polizeiwagen. Eine Frau mit bunter

Kittelschürze folgt den Beamten und erklärt lautstark irgendetwas und zeigt dabei immer wieder eine Bratpfanne. Henry Butt zischt mehrmals „Scheiße" durch die Zähne.

*

Im Verhörraum bei der Polizei sitzt Roman und ihm gegenüber ein Polizeikommissar. Roman hat seine Personalien korrekt angegeben und behauptet, dass er zwar im Streit den Mann einen leichten Schlag verpasst hat, dann aber brutal und heimtückisch von hinten niedergeschlagen wurde. Die Polizei nimmt eine Strafanzeige von Peter Hansen und die Zeugenaussage seiner Ehefrau auf. Danach entlassen sie Roman aus dem Verhör.

Roman erscheint wenig später im *XXL-Club*. Henry Butt ist schon zurück, steht mit Tamara am Tresen und vor ihm wird gerade ein volles Bierglas und ein Glas mit Wodka hingeschoben.

„So eine Scheiße", flucht Henry laut und nimmt einen großen Schluck Bier. „Was ist denn nun passiert?" –

„Du hast mich zu dem falschen Mann geschickt", beschwert sich Roman. „Das war nicht dieser Alff."

Henry schüttelt ärgerlich den Kopf. „Du bist in die falsche Tür gelaufen. Links ist das Büro von diesem Detektiv. Kannst du nicht lesen?"

Roman sieht ihn ratlos an und Tamara stellt ihm auch ein Bier hin.

„Warum bist du nicht mit Roman gegangen?" fragt Tamara kritisch. „Es war doch abgemacht, dass ihr das zu zweit macht!"

Henry Butt sieht Tamara etwas erschrocken an und weiß, dass er darauf keine passende Antwort hat. Er war

178

schon angetrunken und hatte in Wahrheit Angst.

„Verschwinde ins Hinterzimmer und schlaf deinen Rausch aus!" kommandiert plötzlich Tamara mit ärgerlicher Stimmlage. „Ich werde die Sache mit Rudi besprechen."

Henry Butt steht zittrig vom Barhocker auf, schwankt ein wenig und gehorcht wortlos. Im Hinterzimmer gibt es einen großen Sessel, auf den er oft eine Weile schläft. Aber es beschleicht ihn die Angst. Was wird Rudi sagen? Er weiß noch nicht, wie er das rechtfertigen soll. Roman verzieht etwas verächtlich seinen Mund. Auch er hat keinen Respekt mehr vor Henry Butt. Was ist nur aus diesen Mann geworden?

*

Karins Schwester Verena ist mit umfangreichen Vorbereitungen für ihre Geburtstagsfeier beschäftigt, die in wenigen Tagen in einem eleganten und vornehmen Rahmen, wenn auch zu Hause, stattfinden soll. Wie immer setzt sie sich dazu mit ihrer Mutter zusammen, die stets gute Ideen beisteuert. Die Feier soll am späten Nachmittag mit einem Stehempfang in der dann schön geschmückten Empfangshalle beginnen. Heinrich wird alle feierlich begrüßen. Dann wird die Doppelflügeltür zum Wohnzimmer geöffnet und alle hineingebeten. Dort wird ein besonders schön gedeckter Tisch bereitstehen. Nach einigen kurzen Reden wird die Tür zum kleineren Nebenzimmer geöffnet und zu einem üppigen Buffet eingeladen. Marina, das Hausmädchen, muss alle zügig und aufmerksam bedienen. Dazu muss sie noch in die Planung eingeführt werden. Verena mag diese Marina nicht. Sie scheucht sie die ganze Zeit unfreundlich und herrisch hin und her. Die Mutter sieht dem Mädchen nach, als sie gerade wieder in die Küche geschickt wird. Ihr Lebensgefährte und Kunstmaler wird diesmal angemessen gekleidet erscheinen, sagt sie Verena zu, die erleichtert hochschaut und mit Grausen an das Sommerfest zurückdenkt.

„Habt ihr eigentlich Tom eingeladen?" fragt die Mutter.

Tom lebt seit dem Sommerfest mit seinem Hauslehrer Klaus Hanseklein zusammen und hatte sich ausgerechnet auf der Feier als homosexuell geoutet. Das war zu viel für Heinrich.

„Ja, natürlich, aber ohne Hanseklein!" versichert Verena, fügt dann hinzu:

„Und wir haben diesmal noch Freunde eingeladen. Bernhard Schwarz mit Frau, Geschäftsfreunde von Heinrich und sein langjähriger Rechtsanwalt – wie hieß er noch – ach ja, Dr. Pudelkern. Alles sehr interessante Leute mit viel Kultur." -

„Hast du mit Karin schon gesprochen? Ich meine bezüglich der Kleiderordnung." –

„Ich denke, dass du mit ihr telefoniert hast. Sie will angeblich ein neues Kleid kaufen. Hoch geschlossen!" Verena lacht und schüttelt dabei ungläubig den Kopf.

„Ja, stimmt", bestätigt die Mutter.

Während beide intensiv planen und über die Sitzordnung diskutieren, sitzt Heinrich oben in seinem großen Büro. Wenn er dort arbeitet, verbittet er sich jede Störung. Nur das Hausmädchen Marina darf kommen, um Kaffee oder Tee zu servieren. Aber sie kommt seit Heinrich sie eingestellt hat nicht allein, um Kaffee oder Tee zu bringen, sondern leistet weitere Dienste. Sie stellt auch diesmal das Tablett mit dem Kaffeebecher auf den Schreibtisch ab und zieht dann langsam ihr kurzes Service-Kleid mit der kleinen weißen spitzenbesetzten Schürze aus und steht völlig nackt vor dem Schreibtisch. Sie ist Anfang 20, etwas pummelig und höchstens 1,60 groß, hat schulterlange blonde Haare, die sie jetzt geöffnet hat und eine durchaus reizvolle Figur. Sie hat zwei Jahre in einer kleinen Wohnung auf eigene Rechnung Sexdienste angeboten. Plötzlich sind aber Zuhältertypen aufgetaucht und haben sie bedroht und abkassiert. Heinrich war von Anfang an ihr Stammkunde und hat ihr dann diesen Haushalts-Job angeboten.

Heinrich dreht seinen großen Chefsessel zur Seite und das Mädchen kommt herum und befriedigt ihn auf ihre Knie sinkend wie so oft und auch jetzt oral. Heinrich greift dann immer an ihre vollen Brüste und der gesamte relativ geräuschlose Vorgang ist schnell beendet. Heinrich hat schon einen 100 Euro-Schein an gewohnter Stelle hingelegt, den Marina an sich nimmt nachdem sie wieder ihr Kleid übergezogen hat. Sie wechseln kein Wort. Marina geht mit gebrauchten Kaffeebechern und einer Kanne aus dem Büro und Heinrich hört, wie sie zuerst nebenan das Bad betritt und kurz darauf die Treppe nach unten geht.

*

Einen Tag später.

Im Hinterzimmer des *XXL-Club*s treffen sich am frühen Nachmittag schon Rudi Diedrichsen, Henry Butt und ein dunkelhäutiger bulliger Mann mit Glatze und Tätowierungen bis zum Hals, den sie Jo nennen. Rudi Diedrichsen trägt eine lange Glatt-Lederhose und einen schwarzen Rollkragenpullover. Er hat die Ärmel hochgekrempet und die Tätowierungen an den Armen werden sichtbar. Die schwarze Lederjacke hat er über die Sessellehne gehängt. Er steckt sich sofort eine Zigarette an und nimmt sich vom Tisch eine Flasche *Astra Rotlicht - Bier*. Henry Butt hat wie meistens im Club eine verwaschene weite Jeans an, ein hellblaues Hemd, breite Hosenträger dazu und ein schwarzes Jackett, das er aber über einen alten Holzstuhl im Zimmer gelegt hat. Er wirkt nervös, hat schon einiges getrunken. Seine Augen sind rot unterlaufen und alle sehen, dass er schon angetrunken ist. Er hat vor sich bereits ein großes Glas Wodka stehen. Der bullige Jo ist einer von Rudis Leuten, der meistens in Rotterdam für das reibungslose Umladen der Drogenkisten sorgt und auch schon einige Mengen dort an Stammkunden verkauft. Dafür gibt es einen geheimen Ort bei Rotterdam. Jo hat in Rotterdam noch zwei zuverlässige Männer, die ihm helfen und einen Mann im Hafenbüro, der sie mit Informationen versorgt. Jo ist total schwarz gekleidet, stammt aus Jamaika und ist absolut zuverlässig. Niemand wagt es, sich mit ihm anzulegen. Er soll jetzt in Finkenwerder die Dinge leiten. Die Ware muss immer zügig und ohne Spuren zu hinterlassen in den Weiterverkauf.

Rudi beginnt mit rauer Stimme und wirkt in der Runde dominant. Allen wird wieder klar, obwohl das nie offiziell geregelt wurde, dass er immer mehr die Führung im Hamburger Zweig übernimmt. Insgeheim gehen seine Pläne noch weiter und er hat schon dafür Vorbereitungen getroffen. Nr. 3, der sonst als geheimer Verbindungsmann dabei ist, wurde extra für später um 16 Uhr eingeladen.

„Nach meinen Informationen steht die Abtrennung des Hamburger Zweiges kurz bevor. Die Übersee-Organisation wäre für uns nicht mehr zugänglich. Wir wären vom Geldhahn abgeschnitten. Wir haben zwar eine eigene kleine Linie aus Asien, die ich aufgebaut habe, die aber den Verlust nicht ausgleichen kann.

Inzwischen haben wir herausgefunden, wer die Übersee-Organisation leitet. Das ist nicht der Alte, sondern sein Sohn."

Er redet deutlich und ohne jede Anspannung und die anderen hören aufmerksam zu. Henry Butt nickt zwischendurch zustimmend und ihm entweichen dabei einige Rülpser. Er hört aufmerksam zu und merkt wieder, dass er über all dies nicht vorab informiert wurde, obwohl er – jedenfalls immer noch offiziell von oben bestimmt – die Oberleitung des Hamburger Zweiges übertragen bekommen hat. Er weiß inzwischen nicht mehr, woran er ist. Auf jeden Fall ist er schon ein ganzes Stück entmachtet.

Rudi trinkt inzwischen sein Bier in einem Zug. Henry sieht es und klingelt den Tresenbetrieb herbei. Tamara erscheint schnell und Rudi reicht ihr die leere Bierflasche. Henry Butt will gerade die Order zu einem weiteren Bier für Rudi ausgeben und stottert ein wenig dabei. Tamara sieht ihn an und kommt ihm in der offenen Tür stehend zuvor:

„Ist gut! Ich weiß was zu tun ist", kommt etwas genervt und schroff von ihr und Henry nickt nur und lehnt sich wieder auf dem Sessel zurück.

Rudi Diedrichsen wartet auf das nächste Bier und Tamara erscheint auch schnell und stellt mehrere Flaschen auf den Tisch. Er berichtet nun den überraschenden und wichtigsten Teil:

„Die Assistentin von Torres – das ist der, der die großen Sachen organisiert – ist inzwischen auf unsere Seite übergelaufen und hat mir alle möglichen Informationen geliefert. Das ist Sabine Schubert, pikanterweise Torres Geliebte. Sie ist eine knallharte Geschäftsfrau, die für Torres alles organisiert. Sie will die Seiten wechseln und ich habe ihr ein Angebot gemacht. Sie wird für uns arbeiten. Es wird aber teurer und sie muss eine leitende Position erhalten." –

„Wie soll das gehen? Die werden uns doch alle killen!" wendet Henry Butt aufgeregt ein und weiß, dass mit dem italienischen Zweig nicht zu spaßen ist. Er traut sich auf einmal, Rudi Diedrichsen provozierend anzusehen, ja ihm damit sogar zu widersprechen.

Henry muss schnell einen Schluck Wodka trinken. Eine ganze, aber schon angebrochene Flasche *Gorbatschow* steht auf dem Tisch und auch einige passende Gläser.

Rudi Diedrichsen ignoriert den Einwand, als wäre er gar nicht ausgesprochen worden. Er verachtet Henry Butt. Er sieht ihn jetzt nicht einmal an. Für ihn ist er inzwischen ein absoluter Waschlappen geworden, der sich von zwei Thai-Nutten einsperren lässt und Angst vor seiner ersten Bar-Frau hat. Und nur deshalb muss Rudi Diedrichsen fast jede Nacht im Thai-Club sein. Er fährt mit seinen Ausführungen fort:

„Wenn es soweit ist, wird sie die alten Frachtwege verraten und neue Frachtlinien sind schon gut vorbereitet" und nimmt wieder eine Bierflasche *Astra Rotlicht* und leert sie in einem Zug.

„Wir würden dann sogar die gesamte Ladung haben und nicht mehr mit dem italienischen Zweig teilen müssen", ergänzt Rudi und stellt die leere Flasche geräuschvoll zurück auf den Tisch, „der Alte vermutet schon einen Verräter, hat aber keine Ahnung, wer das sein könnte." Rudi lacht dabei zynisch.

„Und wie ist jetzt dein Plan? Ich meine für die nächsten Tage" fragt Henry Butt und greift zittrig zum Glas Wodka.

Rudi Diedrichsen lehnt sich entspannt zurück. Er ist kurz davor, das ganz große Geschäft zu machen. Er ist dann die Nr. 1

und wird sich das nicht von der Konkurrenz entreißen lassen. Er denkt schon daran, weitere Nachtclubs zu übernehmen und die Motorradgang ganz in seinen Dienst zu stellen. Alles nur eine Preisfrage.

„Nr. 3 wird liquidiert. Aber nicht bevor er alles ausgespuckt hat. Er verschwindet einfach und wir wissen von nichts. Henry wird den Alten bei einem Treffen erschießen. Aber den Startschuss gebe ich!"

Rudi Diedrichsen hält noch einige Dinge zurück. Aber Henry Butt ist total erschrocken. Diedrichsen plant, dass Pia den *Thai-Club* leiten soll. Sie kennt den Laden dort und die Thai-Nutten respektieren sie. Nur diese hysterische Thai-Transe mag sich nicht gern unterordnen. Den wird Pia aber bändigen und in den Griff bekommen. Und Tamara wird den *XXL-Club* leiten, was sie ohnehin schon macht. Jedenfalls wird das alles vorläufig so sein bis er geeignete Männer dafür findet. Im *XXL-Club* muss der Türsteher Roman ausreichen, wenn zugegriffen werden soll. Henry Butt wird alle seine Unterlagen an Sabine Schubert aushändigen. Er wird nicht mehr gebraucht, es sei denn, dass Tamara ihn als Barkeeper haben will. Das wäre eine gute wenn auch nur vorläufige Lösung. Man hätte ihn dann zumindest unter Beobachtung. Wegen seiner Sauferei ist ihm sowieso keine Leitung mehr anzuvertrauen. Das soll Tamara aber entscheiden. Beide Frauen sind Rudi gegenüber loyal, so dass sie die Clubs leiten können. Und vielleicht ist es sogar klug, die Frauen dafür vorzusehen. Wenn es Kontrollen gibt oder eine Razzia, dann können die glaubhafter auftreten.

Henry Butt wird in diesem Moment trotz seines inzwischen erreichten Alkoholpegels klar, dass Rudi

Diedrichsen der künftige Boss ist. Henry bekommt ein beklemmendes Gefühl. Er soll den Alten erschießen. Das beunruhigt ihn total. Er ist seit dem Vorfall im *Thai-Club* auch gegenüber Tamara unsicher geworden und meidet jeden Streit mit ihr. Nun soll er den Alten erschießen – das traut er sich nicht zu. Ist das evtl. ein letzter Test? Er greift zum Glas und der Wodka beruhigt ihn etwas.

Kurz vor 16 Uhr gehen die drei an die Bar im XXL-Club. Als Nr. 3 erscheint tun alle so, als ob sie gerade erst gekommen sind und auf ihn warten. Der wird wie immer freundlich begrüßt. Jetzt gehen sie ohne Jo wieder in das Hinterzimmer, in dem alles neu aufgetischt bereit steht. Alle schauen Nr. 3 an und erwarten neue Anweisungen.

„Der Alte will wissen, ob ihr dem Detektiv eine Lektion erteilt habt. Der muss gestoppt werden! Von Rudi haben wir gehört, dass Pia von ihm fast entführt wurde. Sie konnte zum Glück fliehen. Jetzt muss was passieren!"

Er sieht dabei Henry Butt an. Der weicht dem Blick schnell aus. Panische Angst macht sich in ihm breit, weil er total versagt hat und das nicht erklären kann.

„Außerdem wurde das Mädchen nämlich von diesem Alff befreit. Wie konnte das überhaupt passieren? Das Mädchen hat nun wie erwartet Anzeige gegen einige von euch, auch gegen dich, Rudi, erstattet. Erich werden sie festnehmen, Fiete ist ja schon in Rotterdam und du, Rudi, solltest auch untertauchen." –

„Das ist alles vorbereitet. Jo, mein bester Mann, wird mit Pia den *Thai-Club* führen. Meine Spedition wird schließen. Roland, meine rechte Hand dort, hat Vollmacht, alles zu verkaufen. Die neue Spedition in Finkenwerder wird von mir geführt, aber im Hintergrund. Ich werde nur über Pia und über Jo überhaupt erreichbar sein."

Rudi wirkt auf Nr. 3 sehr planvoll und zuverlässig, aber auch zu bestimmend, was ihm nicht gefällt. Diedrichsen hält die Rangordnung nicht mehr ein. Sie müssen ihn im Auge behalten. Dann sieht er Henry Butt fragend an und erwartet Bericht.

„Also, ein erster Versuch ist gescheitert. Wir bleiben aber dran! Der bekommt noch eine richtige Lektion!" Henry Butt hat Mühe, seine Stimme fest und entschlossen klingen zu lassen. Er öffnet noch einen Knopf oben am Hemd. Er kann Nr. 3 nicht lange in die Augen sehen.

Henry Butt ist von den Geschäften abhängig und war bisher loyal. Soweit ist die Sache klar. Aber alle wissen auch, dass er zu viel säuft und ein peinlicher Schwächling geworden ist und nur als Quasi-Chef den *XXL-Club* leiten darf. Nr.3 überlegt, ob er noch weiter degradiert werden müsste. Er weiß einfach zu viel und müsste rechtzeitig kaltgestellt werden. Unter Alkoholeinfluss könnten andere ihn zum Reden bringen. Er ist eine Gefahr für die Geschäfte geworden. Wenn man ihn nicht für die eingespielten Finanztransaktionen gebrauchen würde, wäre er schon längst auf der Abschussliste. Für die Zukunft darf eben nur ein ganz enger Zirkel die Geschäfte kennen. Der Hamburger Zweig muss wegen eines Verräters, der noch nicht bekannt ist, neu organisiert werden. Die Vorschläge von Rudi erscheinen Nr. 3 schon zielführend. So ist jedenfalls seine aktuelle Einschätzung. Er muss demnächst wieder dem Alten berichten.

*

„Also, hat der Torres doch mit all dem zu tun!" ruft Karin laut aus als sie zusammen das Gespräch mit Lara nochmal analysieren und mit ihren bisherigen Erkenntnissen vergleichen. Karin kann schon wieder weitgehend schmerzfrei auftreten. Es gibt nur einen großen blauen Fleck am Knie. Beide sitzen in Tobias Büro und trinken Kaffee. Der Regen prasselt an die Fensterscheiben. Draußen ist es kalt und nass, der Wind bläst ungemütlich aus westlicher Richtung und die dicken Wolken lassen es tagsüber dunkel werden. Sie ordnen ihre bisherigen Erkenntnisse und dokumentieren alles noch einmal neu.

Die junge Frau, die sie zu suchen beauftragt wurden, ist weiterhin verschwunden. Wenn sie noch lebt und dafür spricht, dass einige zweifelhafte Gestalten sie auch fieberhaft suchen, stellt sich die Frage, warum sie nicht nach Hause zurückkehrt.

Sie scheint verbotenes Wissen über die Geschäfte ihres Vaters zu haben und auch über die Drogengeschäfte der Nachtclubs. Sie weiß offenbar, dass sie in Lebensgefahr ist.

Marco könnte eine Spur sein. Aber auch er ist verschwunden. Vielleicht lebt er nicht mehr. Lara hat je ihren Verdacht angedeutet, dass er schon ermordet wurde.

Die drei Nachtclubs, zwei im Kiez in Hamburg und eines in Bremen haben damit zu tun. Auch die Spedition ist damit verbunden. Nur die Verbindung von Torres zu all dem ist noch nicht richtig klar. Da müssen sie noch ansetzen.

„Wir sollten das Bürohaus von Torres überwachen. Du hast doch seit Monaten diese neuen Funkkameras besorgt", meint Karin. Sie ist überzeugt, dass der Vater mit dem Verschwinden zu tun hat.

„Ja, diese Kameras können wir heimlich gegenüber irgendwie anbringen. Vielleicht tauchen dort einige bekannte Gestalten auf", erwidert Tobias.

„Ich finde, wir sollten vorher und zwar heute noch die Spedition beobachten und sehen, wann und wohin diese Pia fährt und auch wohin so die Wege dieses Diedrichsen gehen. Nora hat ja inzwischen Strafanzeige gestellt und die Täter wissen das und müssen reagieren. Das heißt, dass sie irgendwie untertauchen und ihre Geschäfte verändern. Deshalb müssen wir unbedingt am Ball bleiben und sie beobachten. Wir fahren in getrennten Fahrzeugen dort hin und beobachten die", schlägt Karin vor und findet sofort Zustimmung bei Tobias.

Während sie weiter planen, meldet sich das Festnetztelefon. Tobias geht zum Schreibtisch und meldet sich mit „Alff".

„Guten Tag, Herr Alff. Hier ist Lorenzo Torres. Ich wollte mal erfahren, ob sie schon eine Spur haben." –

„Wir haben verschiedene Ermittlungen angestellt, aber keine echte Spur gefunden. Allerdings haben wir noch einige Befragungen aus dem Umfeld Ihrer Tochter vor uns." –

„Das habe ich mit gedacht. Auch die Polizei ist nicht weiter. Bitte melden Sie sich, wenn sie Spuren finden und irgendwie weiterkommen. Ich möchte immer auf den aktuellen Stand gebracht werden! Wir könnten dann auch gemeinsam vorgehen." –

„Klar, so machen wir das."

Torres verabschiedet sich freundlich und Tobias legt auf. Er hat ihm bewusst nur wenig gesagt. Es ist besser, wenn der nicht alles erfährt. Er könnte zur Gefahr werden. Karin und Tobias trauen ihm nicht. Nach den Aussagen von Lara hat er mit den illegalen Geschäften zu tun. Sie gehen noch eine Kleinigkeit beim Inder in der Nähe des Büros essen und dann rüsten sie sich für die Beobachtungen. Kamera, Nachtsichtgläser und ständiger Kontakt über zwei Funkgeräte, die eine ganz gute Reichweite haben. Sie haben dadurch laufend Austausch. Sie fahren dann mit beiden Autos in den Freihafen zur Spedition. Allerdings parken sie die Autos etwas abseits und schleichen sich zuerst einmal zum Tor des großen Lkw-Hofes. Direkt gegenüber stehen rostige Müllcontainer, die als Versteck für die beiden gut geeignet sind.

Auf dem Hof fährt gerade einer der großen Lkw ab. Ein weiterer Lkw steht abgestellt am Rand. In der mittleren Lagerhalle ist reger Betrieb. Tobias erkennt auch den Mann mit der Glatze, dem er die Schaufel übergezogen hatte. Mehrere Männer beladen eilig den kleinen Lkw und Diedrichsen gibt laut Anweisungen. Dann fährt auch dieser Lkw los. Vorn sitzen ein ihm bisher unbekannter Schwarzer und

Diedrichsen. Der kleine Lkw rast an ihnen vorbei. Tobias läuft zu seinem alten Ford und nimmt die Verfolgung auf. Er hält dabei großen Abstand, denn auf den Straßen ist wenig Verkehr.

Karin beobachtet weiter den Speditionsbetrieb. Das Hallentor schließt gerade und ein Sprinter mit zwei Männern, einer ist der mit der Glatze, fahren noch vom Hof. Das Hoftor schließt nun auch und es wird seltsam ruhig. Nur im Bürotrakt rechts vom Hof ist noch Licht. Auch im oberen Stockwerk. Karin schaut mit dem Fernglas auch nach oben und sieht auf einmal Pia am Fenster vorbeilaufen. Oben sieht es nach Wohnräume aus. Kurz darauf sieht sie in den unteren Räumen wieder Pia herumlaufen. Sie sieht jetzt, dass sie immer wieder einen Ordner von einem Raum in den nächsten trägt. So geht es die ganze Zeit. Karin vermutet, dass Pia laufend Unterlagen schreddert.

Plötzlich ist polizeiliches Blaulicht von weitem zu erkennen, das sich nähert. Und kurz darauf fahren zwei Polizeiautos mit Blaulicht vor das Tor und dahinter ein schwarzer VW-Bus, aus dem im Nu drei SEK-Leute mit Maschinenpistolen aussteigen. Ein in Zivil gekleideter Beamter klopft laut außen an die Bürotür. Die Tür öffnet sich und Pia steht vor ihnen. Sie trägt jetzt eine hautenge Latexhose und einen schwarzen langärmlichen Pullover. Sie lässt die Beamten ohne Zögern hinein. Die SEK-Leute warten vor dem Tor, das sich nun auch langsam öffnet. Die Beamten stürmen auf den Hof und dann auch in die Halle, deren Tor sich auch gerade hebt. Nach einer Weile kommen alle aus der Halle heraus, haben einige Kunststoff-Kisten dabei und verladen die in den VW-Bus. Ebenso werden Aktenordner aus dem Büro verladen. Am Ende nehmen sie Pia mit, die vorher noch alles schließt.

Tobias verfolgt inzwischen den kleinen Lkw bis nach Finkenwerder und dort in das alte Fischereigelände. Ganz abseits biegt der Lkw in einen offenen Hof ein. Alte und teilweise verfallene Gebäude säumen den Hof an drei Seiten. Nebenan befindet sich ein Schrottplatz und verlassene Gebäude. Tobias fährt ohne Licht vorbei und hält ein Stück weiter hinter einem anderen verfallenen Gebäude. Er nähert sich dann langsam dem Hof, auf dem der Lkw eingebogen war. Ein Haufen alter Steine, die dort gestapelt stehen, dient ihm als Versteck für seine Beobachtungen. Er sieht von dort, dass auch der andere große Lkw dort steht, der kurz vorher losgefahren ist. Zwei Männer laden Kisten aus dem großen Lkw und bringen die in einen alten flachen Lagerschuppen mit großen Flügeltoren aus Holz. Der Diedrichsen gibt auch wieder laut Anweisungen und alle beeilen sich, die Lkw auszuladen. Dann geht in einem der Nebengebäude

Licht an. Es sieht aus wie ein altes Lagerbüro mit Werkstatt. Alle Gebäude sind mit alten Backstein errichtet worden. Nachdem alles entladen ist, schließen die Männer die Holztore des Lagerschuppens und gehen auch in das Nebengebäude. Es wird still und leise. Tobias meldet sich bei Karin und beide tauschen kurz ihre Beobachtungen aus. Sie freuen sich, dass sie das neue Versteck von Rudi Diedrichsen gleich ausfindig gemacht haben. Es ist ihnen klar, dass die Polizeiaktion aufgrund der Strafanzeige von Nora erfolgt ist.

Als sie ins Büro zurückkehren, ist es schon 23 Uhr. Karin überträgt die Fotos auf den PC und trägt vorsichtshalber keine Notiz über das neue Versteck von Rudi Diedrichsen ein. Karin nimmt sich aber jetzt noch die beiden Fotos vor, die sie in der Wohnung von Marco gefunden haben. Die Örtlichkeiten am Strand und in einer Strandbar müssten eigentlich ermittelt werden können. Da muss ihnen der DJ Mac noch was verraten. Auf der Strandszene sieht man ganz hinten eine Häuserreihe. Sie trinken beide noch ein kühles Bier aus dem Kühlschrank und übernachten im Büro. Das geschieht häufiger, wenn es spät wird.

*

Auf dem Polizeipräsidium wird Pia noch am Abend verhört. Sie gibt ihr Personalien und wie lange sie in Deutschland ist korrekt an. Sie ist 32 Jahre alt und seit 10 Jahren hier. Dann lügt sie. Rudi Diedrichsen ist nur ihr Chef. Der ist seit zwei Tagen einfach weg und seitdem nicht wieder aufgetaucht. Sie, Pia, ist nur eine Büroangestellte in der Spedition und Bardame im Thai-Club. Von illegalen Geschäften wie z. B. Drogengeschäften ist ihr natürlich nichts bekannt. Und dass Nora dort gefangen gehalten wurde, hat sie nicht mitbekommen. Nora muss sich getäuscht haben, wenn sie behauptet, sie sei bei der gewalttätigen Befragung zugegen gewesen. Es sind auch andere Thailänderinnen aus dem Thai-Club hin und wieder dort zu Besprechungen und Schulungen in der Spedition gewesen. Evtl. war eine von denen dabei. Und dass ein Mitarbeiter auch eingesperrt gewesen sei, ist ihr nicht bekannt. Ihr Chef sei im Übrigen ein herzensguter Mann. Sie könne sich all diese Vorwürfe gar nicht vorstellen. Am Ende beginnt sie noch vor den Polizeibeamten herzzerreißend zu weinen. Pia wird noch um kurz nach Mitternacht aus dem Polizeipräsidium entlassen.

*

Das Wetter ist wieder sehr ungemütlich mit Regen und Wind, nur knapp über 0 Grad. Karin hat sich wegen der Kälte sogar einen dicken Wollpullover zur Jeans angezogen. Sie und Tobias sitzen seit 10 Uhr im Büro und mögen heute noch nicht mit der Kameraüberwachung am Büro der Torres beginnen. Also rätseln sie weiter über die Fotos und die Ansichtskarte. Da auf dem einen Foto auch der DJ Mac zu sehen ist, wäre ja ein weiteres Gespräch mit ihm sinnvoll. Der müsste doch über diese Fotos und den Orten etwas wissen. Karin will ihn noch vor Discobeginn aufsuchen. Während sie einen weiteren Kaffee trinken, klingelt das Telefon im Büro. Tobias meldet sich und sein Gesicht nimmt langsam ernste Züge an. Ihm wird gerade mitgeteilt, dass sein Vater im Pflegeheim in der Nähe von Mannheim im Sterben liegt und er nach seinem Sohn verlangt. Sein Vater ist schon 88 Jahre alt und seit Jahren sehr gebrechlich geworden. Tobias sagt zu, dass er noch heute die Reise nach Mannheim antreten wird. Karin sucht schon eine gute Bahnverbindung heraus und beide fahren dann in die Wohnung, damit Tobias seinen Koffer packen kann. Tobias ist von der Nachricht sehr betroffen und froh, dass er so schnell mit der Bahn kommen kann. Am frühen Nachmittag bringt Karin ihn zum Hauptbahnhof. Sie verabschiedet sich mit einer längeren innigen Umarmung und Tobias hofft, dass er nach wenigen Tagen zurück ist.

Karin fährt nun allein ins Büro zurück und findet Zeit, die Buchhaltung zu aktualisieren. Als es 17 Uhr wird, fährt sie wie geplant zur Disco *Frieda B*. Sie findet zunächst keinen Parkplatz und muss mehrmals um den Häuserkomplex herumfahren. Dann findet sie endlich eine Lücke und stellt ihren Golf dort ab. Der Regen wird heftiger und peitscht vom Wind fast waagerecht über die Straße. Sie läuft deswegen im Dauerlauf zum Eingang der Disco. Die Tür ist bereits offen, aber es sind um diese Zeit noch keine Gäste da. Der große Tanzsaal wirkt durch das grelle Neonlicht kalt und wenig einladend. Da wird deutlich, welche

Wirkung eine farbige Beleuchtung am Abend hat. Ein Techniker repariert auf einer Trittleiter stehend eine Lichtkugel. Am Disco-Pult steht DJ Mac und hantiert mit seiner Technik. Als er Karin sieht, winkt er ihr kurz zu, macht dann aber seine Arbeit weiter. Karin kommt zu ihm heran.

„Hey Mac, hast du etwas Zeit?"

Mac sieht von der erhöhten kleinen Bühne mit seiner Technik und den riesigen Boxen zu ihr herab. Sein Gesichtsausdruck verrät, dass sie eigentlich jetzt stört. Er nickt aber und kommt die drei Stufen zu ihr herab.

„Laß' uns nach hinten gehen", schlägt er vor und beide setzen sich in das bekannte Personalzimmer. Mac macht sich dort eine Flasche Bier auf und steckt sich eine Zigarette an. Als er Karin eine Zigarette anbietet, winkt sie dankend ab.

„Also, was ist?" fragt er auch mit einem leicht ungeduldigen Tonfall.

Karin zeigt ihm die Fotos. Auf dem einen Foto mit der nackten Nora steht er hinter ihr. Dann sieht er das Foto von Marie am Strand und in einer Strandbar.

„Wo war das?" fragt Karin.

Er beginnt zu grinsen.

„Ja, diese Tanzmaus wollten wir im Internet präsentieren und etwas Geld machen. Die war selbst ganz heiß drauf. Also, das war alles total freiwillig, echt." –

„Und hier Marie am Strand. Du hast sie doch irgendwie kennengelernt. Wo ist das?" –

„Das war bei Scharbeutz am FKK-Strand. Aber die wollte noch nicht einmal ihr Oberteil ablegen. Marco hat es ihr dann einfach weggerissen, aber sie machte so ein Theater wegen meiner Fotos, dass ich die gleich wieder gelöscht habe. Die Marie war total prüde, obwohl die wirklich scharf aussieht." –

Mac lacht noch einmal, als er sich die Situation vorstellt.

„Hat Marie dort in Scharbeutz Bekannte oder Verwandte? Wo habt ihr denn gewohnt?"

Karin spürte, dass Mac mehr weiß. Er zieht gierig an seine Zigarette und blickt aus dem Fenster.

„Also, hör zu. Marco und Marie wollten nach Frankreich abhauen. Marie hasste ihren Stiefvater, diesen Torres. Marco hatte da auch was rausgefunden und wollte damit zur Polizei. Ich habe ihn davon abgeraten. Im Rotlichtmilliеu kann das gefährlich werden. Marcos Patenonkel wohnt in Uetersen und hat eine Ferienwohnung in Scharbeutz. Dort haben beide einige Tage gewohnt." –

„Wo ist das genau? Wie heißt der Onkel?" –

„Der wohnt in so einem Block gegenüber der Bastei in Scharbeutz. Der heißt, glaube ich, auch Thomsen. Ich war nur einmal dort und traf ihn in so einer Eisdiele vor dem Block." –

„Was ist das für ein Typ, dieser Patenonkel?" –

„Der ist Rentner, scheint Geld zu haben. War Kapitän und mochte Marie, die er als alter Charmeur umgarnte."

Karin zeigt ihm jetzt die Ansichtskarte.

„Ja, da hinten, das ist Niendorf. Das ist neben Timmendorfer Strand. Ich denke, dass war der Onkel."

Tatsächlich war auf der Rückseite nur ein kurzer Gruß ohne Namen. Karin steckt die Fotos und die Karte wieder ein. Dann fällt ihr noch eine letzte Frage ein.

„Hast du was von oder über Marco gehört?" –

„Da fragen schon so schräge Vögel aus seinem damaligen Club nach. Denen sage ich natürlich nichts. Die sind echt gefährlich. Marco und Marie sind vielleicht in Frankreich. Oder die haben Marco gekillt und sind hinter Marie her."

Karin bedankt sich bei ihm und lässt ihm eine Visitenkarte zurück, falls ihm noch was einfällt. Sie verlässt die Disco und eilt durch den Regen zu ihrem Auto. Im Büro angekommen merkt sie, dass ihr Knie noch schmerzt, wenn sie es länger belastet. Es ist auch etwas angeschwollen. Sie setzt sich in den Ohrensessel und legt ihr rechtes Bein hoch. Sie will die nächsten beiden Tage nichts unternehmen und auch ihre Kurse im Fitnessclub absagen, um dem Knie eine Erholung zu gönnen. Sie forscht lediglich im Internet nach, ob sie diesen Patenonkel irgendwie finden kann. Aber es gibt keine Hinweise im Netz und auch nicht in den Telefonbüchern.

*

Am Sonnabend naht die Geburtstagsfeier von Verena, ihrer zwei Jahre älteren Schwester. Karin steht sehr spät auf und zieht verschiedene ihrer Kleider über und auch das neue lange Kleid. Sie ist unschlüssig. Ihre Kleider sind alle kurz und ziemlich offenherzig. Deswegen hat es immer wieder unschöne Diskussionen mit ihrer Schwester und ihrer Mutter gegeben. Ob sie damit Heinrich verführen will oder allen ihre Brüste zeigen möchte. Sie zieht sich gern vor allem im Sommer leicht und offenherzig an. Manchmal löst das bei ihr allein schon ein Verlangen aus. Also, beschließt sie, wird es das neue lange Kleid sein. Ein weinrotes Kleid mit einem leichten Glitzereffekt, das um den Körper einmal umgewickelt und mit einer Schleife im Taillenbereich befestigt wird.

Wenn es zu locker geschlossen wird, ist der Ausschnitt oben so weit, dass bei unbedachten Bewegungen tiefe Einblicke ermöglicht werden. Das Kleid öffnet sich kurz unterhalb der Taille am rechten Bein beim Gehen und gibt eine Art Schlitz bis oben zur Hüfte frei, der je nach enge oder weite Schließung des Kleides größer oder kleiner ist. Sie wird aber heute Abend das Kleid möglichst eng schließen, nimmt sie sich vor. Sie steht dann lange im Bad, um ihre Haare zu gestalten. Sie wird sie etwas wellig haben. Und natürlich wird sie die neuen roten High Heels tragen, die farblich sehr gut zum Kleid passen.

Um 17 Uhr sind die Gäste bei Verena geladen. Karin schafft es nicht ganz und erscheint 10 Minuten später. Ihr öffnet Heinrich, der Ehemann von Verena. Ein schlanker großer Mann, 60 Jahre alt mit angegrauten Haaren. Er hat eine attraktive Gestalt und eine aufrechte

Haltung. Ein wenig Überheblichkeit und Dominanz ist auch dabei. Jetzt trägt er einen dunklen Anzug mit weißen Hemd und bunter Krawatte. Heinrich ist ein erfolgreicher Kaufmann mit vielen Verbindungen zur Politik. Karin war vor 4 Jahren einmal schwach geworden. Sie konnte ihm nicht widerstehen. Er versteht es, Frauen auf eine besondere Weise zu berühren. Seitdem versucht er immer wieder mal, sie zu verführen. Er begrüßt sie herzlich mit Küsschen und mit seiner Hand drückt er sie etwas stärker zu sich als es bei den anderen Gästen der Fall ist.

In der Empfangshalle der Villa, in der alles in Weiß gehalten wurde, stehen schon die anderen Gäste mit einem Sektglas. Das Hausmädchen Marina in einem fast schon zu kurzen schwarzen Service-Kleid mit kleiner weißen Schürze beeilt sich, auch Karin ein Glas Sekt auf einem silbernen Tablett zu bringen.

Verena kommt zuerst und begrüßt ihre Schwester. Sie hat ein langes silbernes Kleid an, hochgeschlossen, aber mit einem ganz schmalen offenen Spalt bis zwischen ihre Brüste, der mit kleinen Knöpfen und Bändern zusammengehalten wird. Sie trägt dazu passend ihren Silberschmuck. Die Haare hat sie kunstvoll hochstecken lassen. Dann stellt sie Karin einige Gäste vor.

„Das hier sind Annegret und Bernhard Schwarz. Bernhard ist Beerdigungsunternehmer, es soll wohl sogar einer der größten in Ohlsdorf sein. Annegret ist schon lange meine Freundin und betreibt ein Buchgeschäft in Poppenbüttel. Immer wieder gibt es dort schöne Lesungen mit interessanten Künstlern."

Beide sind sehr elegant gekleidet. Sie mit einem langen blauen Kleid. Sie ist Anfang 40, eigentlich etwas zu dünn, eher mager, so dass die freien Arme sehr sehnig wirken. Er ist Mitte 50 und groß und füllig. Er hat ein rotes Gesicht, wenig Haare und begrüßt Karin mit einer vornehmen Verbeugung und angedeutetem Handkuss.

„Und das hier ist Dr. Pudelkern, der langjährige Anwalt von Heinrichs Unternehmen", stellt sie einen untersetzten ziemlich dicken Herrn vor. Er trägt einen dunklen Anzug mit Weste darunter, hat ein rundes Gesicht mit goldener Nickelbrille und grüßt Karin mit kleiner Verbeugung und einem breiten Grinsen.

Die Familie ist auch vollständig. Auch Tom, der seine Homosexualität beim letzten Sommerfest eröffnet hatte, ist anwesend. Er hält sich betont abseits und beteiligt sich selten am Gespräch. Karins Patenkind Tina kommt eilig zur Begrüßung. Sie wird demnächst 15 und ist genauso groß wie Karin. Sie trägt ein buntes tailliertes Kleid. Sie ist ein attraktives junges Mädchen und schon sehr selbstbewusst. Lars, der zweite Sohn ist ein Jahr älter als Tina. Er ist aber ein wenig kleiner als Tina und wurde schon immer als ihr jüngerer Bruder angesehen. Er ist mit Jeans und weißem Poloshirt gekleidet. Er begrüßt Karin schüchtern, fast kindlich artig.

Karins Mutter ist mit ihrem Kunstmaler erschienen. Es ist jetzt der dritte Mann fürs Leben. Ihre Mutter fällt immer wieder auf Schmeicheleien herein. Aber der Kunstmaler ist ein eher bescheidener Typ. Sie trägt ein schwarzes knielanges sehr enges Kleid, das sehr körperbetont ist. Mit Mitte 50 hat sie noch eine erstaunlich gute Figur. Karin schaut immer wieder genau hin und ist sich sicher, dass ihre Mutter keinen BH drunter hat. Sie hat wohl ihren zweiten oder dritten Frühling, amüsiert sich Karin. Ihr Lebensgefährte ist ein erfolgloser und völlig talentfreier

Kunstmaler. Er trägt diesmal eine schwarze Stoffhose und ein weißes Hemd unter einem zu engen Sakko und fühlt sich sichtlich darin unwohl.

Und dann hält Heinrich eine kleine Begrüßungsrede und bittet die Gäste, im Salon, dem festlich geschmückten großen Wohnzimmer, Platz zu nehmen. Marina öffnet die zweiflügelige Tür und alle suchen ihren Platz, der mit schönen Kärtchen bezeichnet wurde. Karin sitzt direkt über Eck neben Heinrich, der an einem Ende des Tisches als Hausherr residiert. Ganz gegenüber am anderen Ende sitzt Verena hinter einer aufrechten Bastelei mit einer silbernen Aufschrift „37". Zuerst werden Kuchen und Torten gereicht. Marina schenkt Kaffee nach und Heinrich geht mit zwei Weinflaschen herum und schenkt nach Wunsch ein.

Während die Feier auch nach Eröffnung des üppigen Buffets noch einen netten Verlauf nimmt, öffnet Verena nach und nach die Geschenke, die auf einem extra bereitgestellten Tisch abgelegt wurden. Von ihrer Mutter und dem Lebensgefährten hat sie das große Bild in einem goldenen Holzrahmen als Geschenk erhalten. Zu sehen ist ein undefinierbares Geklekse mit Farben, die irgendwie nicht zusammenpassen. Karin bemerkt, dass dieser Rechtsanwalt, den sie bisher noch nicht kennengelernt hat, mit Heinrich etwas Abseits immer wieder etwas leise zu bereden hat. Heinrich hat dabei eine besorgte Miene. Aber nach einer Weile kommt er wieder an die Kaffeetafel zurück. Nach und nach wird nicht mehr nur Kaffee gereicht, sondern verschiedene Weine und guten Grappa, aber auch andere Schnäpse.

*

Im Hinterzimmer des XXL-Clubs treffen sich lange vor Öffnung Henry Butt und Tamara, die erste Barfrau, die immer selbstbewusster auftritt. Sie weiß, dass

Rudi Diedrichsen von Henry nichts hält und ihn praktisch degradiert hat. Tamara hat schon länger ihren Respekt vor diesem Butt verloren. Vor Jahren hatte er sie noch häufiger mit der Hilfe eines Türstehers geschlagen, wenn sie Widerworte hatte. Vor drei Jahren hatte sie zurück geschlagen, mit der Faust hart ins Gesicht, so dass er rückwärts in einen Sessel fiel und überraschend aufgab. Sie weiß, dass Henry Butt sich seitdem nicht mehr traut, sie anzufassen. Insgeheim führt sie inzwischen die unmittelbaren Abläufe in dem Club. Sie ist jetzt mit Jeans und dunklem Pullover gekleidet, hat ihre roten Haare zum Pferdeschwanz gebunden und sieht Henry fragend an. Henry hat ein Glas Wodka vor sich stehen und ist sehr nervös.

„Wir sollen hier warten", fängt er an, „die bringen gleich diesen DJ Mac. Einer von Rudis Leuten hat beobachtet, wie diese Frau vom Detektiv bei ihm war und er wohl mehr weiß als er uns sagen will. Hauptsache, sie bringen ihn nicht hier im Club um. Das möchte ich nicht. Das gibt nur Ärger."

Henry hat ein rotes Gesicht. Ihm ist zu warm und so öffnet er das Fenster. Ihm ist nicht wohl bei der Sache. Er wollte das Treffen hier im Club nicht, aber Rudi Diedrichsen hat es verlangt. Tamara wusste davon und sieht ihn mitleidig an. Er wird immer mehr zur Witzfigur denkt sie und die Feigheit ist ihm ins Gesicht geschrieben. Klar, er wird gebraucht, aber das könnte er auch außerhalb des Clubs. Immerhin hört nur noch Roman, der einzige Türsteher, auf ihn, weil er ihn bezahlt. Tamara weiß aber, dass er im Zweifel zu ihr steht.

„Wir haben das so mit Rudi vereinbart. Ich habe zugestimmt", sagt sie ihm selbstbewusst, „und du machst hier bitte mit!"

Henry sieht sie erschrocken an. Wer sind „wir"? Wird er überhaupt nicht mehr gefragt? Er fühlt sich schon lange nicht mehr mit seinem Job wohl. Aber man kann nicht einfach aussteigen. Jetzt bestimmt schon Tamara im Club, ohne ihn zu fragen. Früher bekamen die Mädels im Service klare Anweisungen und wenn es Widerspruch gab, wurde kurzerhand zugeschlagen. So hatte er noch vor einer Woche Lara heftig geohrfeigt, um sich Respekt zu verschaffen. Die lief sofort zu Tamara und plötzlich verlangte Tamara eine Rechtfertigung von ihm. Dass sie vor ihm überhaupt keine Angst zeigt, verunsichert ihn. Der Alkohol macht ihn mutlos und unsicher.

Die Tür zum Club öffnet sich plötzlich lautstark, knallt gegen die Wand, dann wieder zurück ins Schloss und DJ Mac wird hereingebracht und leistet noch wilden Widerstand. Aber Rudi

Diedrichsen und der Roman haben ihn fest im Griff. Diedrichsen versetzt ihm aber noch einen Tiefschlag, damit der DJ mit der Zappelei aufhört. Der DJ knickt ein und ringt nach Luft. Er hat gegen diese beiden Männer keine Chance. Er wird grob auf einen bereitgestellten Holzstuhl gesetzt. DJ Mac blickt ängstlich um sich. Eine Flucht scheint völlig ausgeschlossen. Rudi Diedrichsen verabschiedet sich sofort. Er hat noch wichtige Angelegenheiten zu erledigen.

„Ihr kommt doch wohl allein mit ihm klar", sagt er im Weggehen und sieht eigentlich nur Tamara an. Die nickt eifrig und stellt sich sofort dem DJ gegenüber an den stabilen Tisch. Auch Henry Butt steht auf und versucht, einen entschlossenen Eindruck zu machen. Roman begleitet Rudi nach draußen, bleibt aber bei der Tür zurück.

Henry ist wieder überrascht, dass offenbar Tamara vollständig eingeweiht

226

wurde. Er fühlt sich als Lakai, steht aber jetzt entschlossen neben Tamara am Tisch. Er weiß natürlich, dass es immer noch um diese geflohene junge Frau geht, die sie unbedingt finden müssen.

„Stell' dich hinter ihm und nicht hier bei mir!" sagt Tamara plötzlich herrisch und genervt zu Henry, weil er so unbeholfen neben ihr steht und sie die Fragen stellen soll. Henry beeilt sich und stellt sich hinter dem Stuhl von Mac, um ihn notfalls festzuhalten. DJ Mac macht nicht den Eindruck, sich gegen beide erfolgreich wehren zu können. Er ist ein schmächtiger junger Mann und krümmt sich immer noch von dem Tiefschlag.

„So, Bürschchen", fängt Tamara energisch an, „du hast die Wahl. Entweder sagst du uns alles, was du auch dieser Schlampe vom Detektiv erzählt hast oder ich zeig' dir, wozu ich fähig bin."

Mac wird unruhig auf den Stuhl und blickt unsicher von Tamara zu Henry und zurück. Er schätzt blitzschnell ab, ob er doch irgendwie fliehen könnte. Die beiden brutalen Häscher, die ihn in der Disco eingefangen haben, sind nicht da. Und hier sind nur ein kleiner dicker Mann mit Brille und eine Nutte. Da gibt es vielleicht eine Chance.

„Ich weiß wirklich nicht, was ihr wollt", provoziert er noch frech die beiden mit einem Grinsen.

Tamara schlägt blitzschnell mit der flachen Hand in sein Gesicht. Das geht so schnell, dass er total überrascht ist und den Schlag nicht abwehren kann. Henry staunt jetzt über Tamara. Mac springt nun aber vom Stuhl auf und will reflexartig nach hinten weichen, weil er mit weiteren Schlägen rechnet. Da steht aber Henry, der nun zupackt und ihn mit großer Mühe und Schnaufen auf den Stuhl zurückzwingt. Er kommt dabei total ins Schwitzen. Tamara beugt sich wieder weit über den Tisch zu Mac vor.

„Also nochmal: Was hast du der Schlampe erzählt, was hat sie gefragt?"

Jetzt ist Mac zwar nicht mehr provozierend frech, aber er sucht fieberhaft einen Ausweg. Er beugt sich vor, stützt sich mit beiden Armen auf den Tisch und sagt nichts. Aber dann fällt ihm etwas ein, ehe diese Nutte wieder fragt oder erneut zuschlägt.

„Ich muss mal! Ich will euch hier nicht auf den Stuhl pissen. Dann reden wir."

Tamara gibt Henry ein Zeichen. Er soll ihn zum WC führen. Die WC-Anlage ist im Gang vor dem Hinterzimmer fast gegenüber. Henry führt ihn mit festem Griff am Handgelenk aus dem Raum und beide gehen ins Männer-WC. Die Tür fällt automatisch zu. Das Neon-Licht flackert eine Weile bis es sich stabilisiert. Mac sieht sich im Vorraum um und erblickt dort einen Feuerlöscher neben dem Waschbecken am Boden stehen. In der Ecke steht ein Besen angelehnt. Er geht in eine Kabine und Henry lässt ihn dazu los. Als er wieder die Kabine verlässt, macht er Zeichen, dass er sich die Hände waschen will, denn dort neben dem Waschbecken steht der Feuerlöscher, den DJ Mac im Blick hat. Henry Butt steht mit verschränkten Armen neben ihn und versucht, einen gefährlichen Eindruck zu vermitteln. Der DJ greift blitzschnell den roten Feuerlöscher und ehe Henry erschrocken zurück weicht, trifft er damit seinen Kopf. Er trifft aber schlecht, weil Henry ein Stück zurückgewichen ist. Er geht zwar zu Boden, kann aber noch laut nach Tamara schreien. Tamara kommt sofort in den Vorraum und Mac will auch auf sie einschlagen. Sie weicht geschickt aus und Mac kommt vom eigenen Schwung ins Stolpern. Henry sitzt zwar angeschlagen am Boden, schlägt jetzt aber mit seinen

Füssen dem DJ die Beine weg, so dass der fällt und den Feuerlöscher dabei fallen lässt. Tamara tritt ihm sofort mit voller Wucht ins Gesicht und wartet ab. DJ Mac hält beide Hände vor sein Gesicht und sitzt am Boden. Tamara lässt ihn hoch kommen und steht drohend vor ihm. Die Nase blutet und nur mit dem Mut der Verzweiflung wagt einen letzten Versuch. Unerwartet schnell will an Tamara einfach vorbei und stößt sie dabei zur Seite. Aber sie fällt nicht und kann ihn von hinten greifen. Sie umfasst seinen Körper samt seiner Arme und hält ihn fest. Mac versucht sich irgendwie freizudrehen und merkt, dass diese Frau überraschend viel Kraft hat und ihn weiter von hinten umklammern kann. Er will sich mit aller Gewalt losreißen. Aber da greift eine Hand von Tamara blitzschnell vorn in seine lockere Jogginghose und auch in seinen Slip. Sie fasst brutal seine Geschlechtsteile, drückt heftig zu und Mac schreit gellend

231

auf, zuckt wild mit den Beinen und klappt nach vorn über. Er sinkt zu Boden und Tamara lässt ihn los. Mac beißt die Zähne zusammen. Er muss weg. Er weicht nach hinten gegen eine Wand und hält beide Hände zwischen seine Beine. Tamara steht vor ihm und wartet ab. Sie lässt ihn dort hoch kommen. Sie stehen sich nun wieder direkt gegenüber. Einen Moment zögert Mac, weil er diese Frau nicht einschätzen kann. Dann holt er zum Schlag aus, der aber leicht vorhersehbar ist und Tamara fängt den Arm mit der Hand ab. Sie hat sein Handgelenk umklammert und da packt auch Henry wieder von hinten zu und hält seine beiden Arme fest. Tamara schlägt nun mehrmals dem DJ Mac hart ins Gesicht bis er zusammensackt und aufgibt.

„Hör auf! Hör auf! Ich sage alles was ich weiß, echt alles!", schreit er mit zittriger Stimme, die zu versagen droht.

Henry hält ihn immer noch von hinten fest. Tamara will jetzt kein Risiko mehr eingehen und schlägt ihn weiter ungehindert und hart ins Gesicht. Henry wundert sich, weil der Typ doch schon am Ende ist und nur noch jammert, aber dann kommt noch ein Schlag von ihr und Mac schreit nicht nur, sondern bricht jetzt zusammen und beginnt zu heulen.

Jetzt lässt er sich willenlos in das Hinterzimmer führen und sitzt wie ein Häufchen Elend auf den vorgesehenen Stuhl. Macs Wille ist gebrochen, er leistet keinen Widerstand mehr. Jetzt überwiegt seine Angst und beide, Tamara und Henry, drohen ihm eindeutig weitere Schläge an. Er gibt völlig auf und in weinerlicher Art erzählt er nun alles. Es ist ihm egal, er will hier nur lebend wieder raus.

Tamara telefoniert danach mit Rudi und berichtet alles. Sie stellt das Smartphone aber nicht auf Laut. Henry soll nicht mithören. Er steht in ihrer Nähe und spürt, dass er nicht mehr dazu gehört.

„Laßt den DJ nicht laufen. Ich hole ihn nachher ab. Ihr müsst jetzt die kleine Schlampe des Detektivs einfangen. Dann wird Alff nicht weitermachen. Die machen uns sonst Probleme. Pia soll euch helfen. Wir werden uns noch zusammen mit Pia treffen und überlegen, was wir mit Henry machen. Und wir werden den Hamburger Zweig ohne die anderen übernehmen. Zu dritt sind wir unschlagbar und nur Jo wird noch eingeweiht. Der ist mit seinen Jungs für das Grobe zuständig."

Der DJ Mac wird kurz darauf von Diedrichsen abgeholt. Im *Frieda B.* wird nie wieder Musik auflegen. Man wird ihn Wochen später in der Elbe in der Nähe von Wedel finden.

*

In der Villa von Heinrich Blese wird es immer lustiger. Der reichlich eingeschenkte Alkohol wirkt. Der überhebliche Beerdigungsunternehmer, Bernhard Schwarz und der Anwalt machen sich einen Spaß daraus, den merkwürdigen Kunstmaler nach seinen letzten Ausstellungen zu befragen und mit welcher Galerie er zusammenarbeitet. Der weicht nervös aus und macht sich unfreiwillig zum Gespött. Die Mutter ist sauer darüber und legt mit wichtigem Tonfall dar, dass er demnächst mit einer neuen Bilderserie viel Aufsehen in der gesamten Kunstwelt erzielen wird. Sie erntet spöttisches Gelächter.

Der Rechtsanwalt setzt sich nun zu Karin. Beide sitzen abseits vom Tisch in zwei kleine Cocktailsessel und er fragt, was sie so beruflich macht und wie weit sie mit der Suche nach der jungen Frau sind.

„Habt ihr denn schon eine Spur?" fragt er nach.

„Wir untersuchen noch immer das Umfeld, also Familie, Freunde usw. Kennen Sie zufällig die Familie Torres?" –

„Ich werde von Lorenzo Torres oft mandatiert, also in der Regel zivilrechtlicher Natur. Von dem vermissten Mädchen habe ich schon beiläufig gehört."

Karin wundert sich und versucht nun einen frechen Vorstoß.

„In den Nachtclubs, die Torres betreibt, haben wir schon eine kleine Spur gefunden. Da hoffen wir weiter zu kommen."

Dr. Pudelkern sieht sie nun überrascht an. Er greift zum Weinglas und nimmt einen Schluck. Karin erkennt in seinem Gesicht, dass er nicht weiß, wie er jetzt reagieren soll. Er fängt sich aber schnell.

„Ich glaube, die Stieftochter will einfach die Welt sehen und hat zu Hause wohl Probleme gehabt. Das ist ja nicht selten."

Der Anwalt steht mit seinem Weinglas in der Hand auf und setzt sich wieder an den großen Tisch. Karin spürt, dass er jetzt dieses Thema nicht weiter besprechen möchte. Kurz darauf nimmt er Heinrich zur Seite. Beide reden leise und auch nur ganz kurz. Karin hat es aber beobachtet und kann das alles noch nicht einordnen.

Bernhard Schwarz, der Beerdigungsunternehmer, und seine Frau prahlen inzwischen mit ihren kulturellen Urlaubsreisen nach Rom und nach Ägypten. Alle hören gespannt zu. Sie rühmen sich auch diverser prominenter Bekanntschaften aus Politik und Kultur. Bernhard Schwarz kann noch mit Mühe seine vornehme Fassade aufrecht halten, aber nachdem Heinrich ihm und anderen mehrfach Grappa oder den Hamburger Kümmel *Helbing* nachgeschenkt hat, beginnt er Karin immer ordinärer anzumachen.

„Wetten, dass du nichts drunter hast!" tönt er laut in Richtung Karin und lässt sich noch einen *Helbing* und ein Bier einschenken. Die anderen Gäste unterbrechen ihre Unterhaltung und schauen gespannt auf Karin. Allerdings hat auch Karin mehr getrunken als gut tut. Dadurch hat sich unbemerkt ihr rotes Kleid etwas aus der breiten Schleife, die um die Taille herumgebunden ist, gelockert. Kurz vor dieser Frechheit hatte sie über einige schlüpfrige Witze des Beerdigungsunternehmers einen Lachanfall bekommen und sich ungeschickt vorgebeugt. Bernhard Schwarz konnte daher seitlich in ihren Ausschnitt fast alles sehen.

„Du kannst mir gern beide Titten zeigen", gibt er lachend von sich und greift Karins Kleid am Ausschnitt und zieht es einfach

238

zur Seite weg. Für den Bruchteil einer Sekunde ist fast alles zu sehen. Sie gibt ihm reflexartig eine Ohrfeige und steht schnell auf, um das Kleid oben wieder zu sortieren. Bernhard Schwarz lacht laut und prostet den anderen zu. Karin merkt, dass sie auch etwas zu viel getrunken hat und unsicher steht. Sie setzt sich lieber ein Stück weiter auf ihren zugewiesenen Platz am Tisch und hat damit mehr Abstand zu dem zudringlich gewordenen Bernhard. Kurz darauf setzt sich Heinrich über Eck dazu und macht ihr zum Kleid Komplimente. Karin rückt ihr Kleid noch mehr in die richtige Form. Auf einmal geht Heinrichs Hand unter der Tischdecke auf ihren Oberschenkel, den das Kleid nicht mehr bedeckt und bewegt sich weiter hoch. Karin stockt kurz der Atem und dann lässt sie seinen Griff zu, der schon bald sein Ziel erreicht hat. Ein warmer Schauer durchflutet ihren Körper und in ihr keimt ein Verlangen auf. Aber sie fasst sich dann doch wieder und entzieht sich entschlossen seinen Berührungen und steht abrupt vom Tisch auf.

Der Beerdigungsunternehmer nähert sich aber wieder und flüstert ihr lachend obszöne Dinge zu. Seine Frau ist leider auch erkennbar alkoholisiert. Sie bekommt einen bitteren Gesichtsausdruck und beginnt, Karin zu beleidigen. Sie benehme sich wie eine Nutte, schreit sie laut von ihrem Platz aus. Karin ist aber nicht auf den Mund gefallen und schon gar nicht unter Alkoholeinfluss:

„Dann besorg es deinem Mann besser! Oder soll ich mit ihm mal allein nach oben gehen?"

Bernhard Schwarz lacht triumphierend und haut sich auf die Oberschenkel. Seine Frau steht aber entrüstet vom Stuhl auf, nennt Karin laut eine unverschämte Schlampe und läuft entrüstet aus dem Wohnzimmer in den etwas kälteren Vorraum. Verena läuft ihr hinterher und versucht sie zu beruhigen.

Insgesamt wird es im großen Wohnzimmer immer lauter und die Feier wird peinlich. Die Frau von Bernhard Schwarz trinkt weiter vom Rotwein und ihr Gesicht bekommt immer mehr bittere Züge. Als sie wieder von Bernhards obszönen Anmerkungen, die nun aber an Verena gerichtet sind, angestachelt wird, kritisiert sie sogar Verena. Sie benehme sich nicht anständig und sie wird dieses Haus nie wieder betreten. Wütend kippt sie absichtlich ein Glas Rotwein über den Tisch. Verena stockt der Atem. Ihr wird das alles schon zu viel. So hat sie ihre Freundin noch nie erlebt. Sie ist völlig irritiert und geht zwischendurch in die Küche, um mit Marina das üppige Buffet zu ergänzen. Der Kunstmaler und Verenas Mutter sind von dem Benehmen einiger Gäste angewidert. Sie schieben einen Grund vor und verabschieden sich vorzeitig.

„Was hast du da nur für Leute eingeladen! Die haben ja überhaupt kein Benehmen", schimpft Verenas Mutter noch beim Abschied.

Heinrichs langjähriger Rechtsanwalt, Dr. Pudelkern, amüsiert sich dagegen mit rot angelaufenen Kopf köstlich und feuert die ordinären Ausfälle des Beerdigungsunternehmers noch zusätzlich an. Als die Frau des Beerdigungsunternehmers sogar Lars mit Wein bedient und sich über seinen dummen Reden laut lustig macht, hat Tina die Nase voll. Sie sieht zunehmend, wie die Feier abgleitet. Sie kann einige der Gäste sowieso von Anfang an nicht leiden. Und dann sieht sie mit Schreck, dass ihr Bruder Lars schon richtig angetrunken ist. Er lacht und lallt über alles was er sieht und beginnt alberne Faxen zu machen. Er benimmt sich total peinlich. Auch auf strengen Ordnungsruf von Verena reagiert er nicht. Aber Tina greift dann ein und zerrt ihren Bruder am Arm ziemlich grob aus dem Wohnzimmer heraus und will ihn in sein Zimmer bringen. Lars wehrt sich aber dagegen und hält sich am Türrahmen zum Vorraum fest. Da passiert es. Er muss sich übergeben und kotzt alles vor der Treppe auf den Boden, teilweise in einem hohen Bogen über den Vorraum und läuft dann eilig die Treppe hoch in sein Zimmer. Marina, das Hausmädchen, kommt in diesen Moment aus der Küche mit schnellen Schritten um die Ecke und rutscht nun mit den Getränken aus. Die Gläser samt Inhalt ergießen sich über den Fußboden des Wohnzimmers. Es gibt reichlich Scherben. Die betrunkenen Gäste können sich vor Lachen kaum halten. Heinrich hilft ihr hoch und sie beeilt sich, alles schnell wegzufegen und aufzuwischen. Bernhard Schwarz, der gerade schwankend vom WC zurückkommt, greift Marina nun von hinten laut lachend unter das Kleid, als die sich zum Aufwischen noch bückt. Marina schreit kurz auf und läuft dann einfach davon durch die Küche in den Wirtschaftsraum, wo Verena ihr einen Stuhl und einen kleinen Schrank hingestellt hat. Dann fragt er Heinrich provozierend, ob er es mit dem geilen Hausmädchen auch richtig treibt, denn die Kleine sei ja ganz lecker anzusehen. Die anderen bekommen deswegen einen richtigen Lachanfall. Auch Frau Schwarz lacht jetzt hysterisch los und ruft laut:

„Na, Verena, passt du auch gut auf Heinrich auf?"

Die anderen lachen dazu und heben ihre Gläser. Die Feier droht zu einem Gelage zu werden.

Verena steht mit versteinerter Miene und Tränen in den Augen im Raum. Karin ist Tina gefolgt, die nun selbst die

Scherben zusammenfegt und sieht sie fragend an.

„Lars hat zuviel getrunken und die Kotzerei bekommen. Die haben ihn absichtlich abgefüllt. Er kann Alkohol nicht vertragen und diese fiese Frau findet das noch lustig. Und das an Mamas Geburtstag", erklärt sie ihrer Tante mit ärgerlichem Ton, die immer noch überrascht von der Szene ist.

Heinrich kommt in diesem Moment mit zwei vollen Sektgläsern zu Karin und reicht ihr ein Sektglas.

„Lass' uns kurz an die frische Luft gehen. Es regnet nicht mehr", schlägt Heinrich vor. Er ist tatsächlich froh, seinen betrunkenen Gästen kurz entfliehen zu können.

Sie gehen gemeinsam vor die Haustür und Karin merkt, dass sie schon reichlich angetrunken ist. Heinrich stützt sie und atmet die frisch Luft vor der Tür ein. Er ist nie betrunken. Irgendwie verträgt er mehr als andere.

„Hast du schon unsere neuen Geräte im Fitnesskeller gesehen?" fragt Heinrich und führt Karin in leichter Umarmung schon in Richtung Kellertreppe. Karin merkt, dass sie vom Alkohol schwankt. Sie lehnt sich an Heinrich an und muss sich am Geländer festhalten und kichert deswegen. Heinrich geht vor und öffnet die Tür zum Fitnessraum im Keller. Ganz neue Trainingsgeräte sind erst vor kurzem geliefert worden. Karin betrachtet einige der Geräte näher und staunt. Heinrich kommt wieder ganz nahe und schiebt Karin an eine Wand. Sie lacht nur und Heinrich drückt ihre Arme an die Wand.

„Was machst du mit mir?" fragt sie und kichert dabei. Sie wehrt sich nicht und dann küsst Heinrich sie. Nur kurz zögert Karin. Aber dann erwidert sie sein Drängen und sie küssen sich immer leidenschaftlicher. Heinrich öffnet dabei die Schleife ihres Kleides und das schöne rote Kleid geht auf. Heinrich greift nach ihren Brüsten und eine Hand geht tiefer. Heinrich umfasst Karin und drückt sie fest an sich. Er schiebt sie zur großen Couch, die an einer Seite des Raumes steht. Karin hat ihren Widerstand aufgegeben. Sie ist zu sehr betrunken und spürt zunehmend ein unbändiges Verlangen. Auf der Couch passiert es dann, was Heinrich seit vier Jahren immer wieder vergeblich versucht hat. Sie wehrt sich nicht. Im Gegenteil. Sie ergibt sich ihrer Lust. Er bleibt danach nur einen Moment bei ihr, ordnet seine Kleidung und küsst sie noch kurz. Dann verlässt er den Raum und geht zu seinen Gästen.

Noch ehe Karin auch wieder oben erscheint, ist zwischen dem Anwalt Dr. Pudelkern und dem Beerdigungsunternehmer Schwarz ein lauter Streit entstanden. Die Frauen versuchen zu beruhigen. Der Beerdigungsunternehmer schimpft mit ordinären Worten und hat den kleineren Anwalt gerade am Kragen gepackt. Im Gerangel greift Bernhard Schwarz das Bild vom Kunstmaler und schlägt es dem Anwalt über den Kopf. Der steht wie ein begossener Pudel mit dem goldenen Bilderrahmen um seinen Hals im Raum. Als der Beerdigungsunternehmer ihn wieder angreifen will, geht Heinrich dazwischen und trennt beide. Die Frau von Bernhard Schwarz keift deswegen laut und angetrunken gegen Heinrich und behauptet, dass er sie ständig anmacht. Verena hält das für eine Lüge und schreit ihre Freundin an. Bernhard greift nun Heinrich an, der sich aber gut wehren kann, weil sein Gegner total besoffen ist. Mit dieser Eskalation endet Verenas Geburtstag. Es sollte alles so elegant und vornehm ablaufen.

Tina ruft auf Geheiß von Verena zwei Taxen. Als die endlich da sind, schieben sie Bernhard und seine Frau aus dem Haus zum Taxi. Zum Abschied gibt es noch ein lautes hysterisches Geschrei von Frau Schwarz und unverständliche Drohungen von Bernhard Schwarz, der kaum stehen und nur verwaschen reden kann. Der Anwalt verabschiedet sich auch, aber freundlich lachend und ebenfalls vom Alkohol schwankend.

Verena atmet erleichtert durch. Sie hatte sich so sehr auf diese Feier gefreut. Erst jetzt kommt Karin dazu. Sie lässt auch ein Taxi rufen, verabschiedet sich auffallend leise. Sie fühlt sich nicht wohl. Sie hat ein schlechtes Gewissen und ärgert sich, dass sie so schwach geworden ist. Jetzt hat sie schon zweimal Heinrichs Drängen nachgegeben. Er begleitet sie zum Taxi und gibt ihr noch einen Kuss zum Abschied.

*

Im *XXL-Club* treffen sich am späten Nachmittag Rudi Diedrichsen, Pia und Tamara im Hinterzimmer. Zuerst ist Henry Butt auch dabei und völlig verunsichert, weil er nicht vorab informiert wurde. Henry Butt merkt, dass die drei sehr entspannt im Smalltalk miteinander umgehen, nicht zum eigentlichen Thema kommen und ihn nicht weiter beachten. Er ist schon angetrunken und sein Gesicht ist rot angelaufen. Er greift nochmal zum Wodka-Glas. Dann sagt plötzlich Tamara wie zufällig nebenbei, aber in ihrem üblichen Ton, den sie sonst nur gegenüber den Mädels im Club anschlägt zu Henry:

„Hol' uns Schampus und Gläser."

Henry zögert. Das war wie ein Messerstich. Die drei Besucher reden untereinander weiter. Er geht aus dem Hinterzimmer an die Bar und greift eine Flasche Schampus und 4 Gläser. In dem

Moment trifft auch Lara, die andere Barfrau ein und zieht sich in Ruhe um. Henry stellt alles auf ein Tablett und überlegt kurz, ob er Lara gleich damit beauftragen sollte. Warum soll er das servieren? Da Lara aber nicht gleich erscheint, geht Henry mit dem Tablett in das Hinterzimmer. Als er eintritt, verstummen alle. Er stellt alles umständlich hin und will sich auch dazu setzen. Tamara sieht ihn an und bekommt einen gewissen spöttischen Ausdruck in ihrem Gesicht. Es ist nämlich soweit. Diedrichsen hat sie soeben in Abwesenheit von Henry Butt als Chefin für den Club eingesetzt. Henry Butt sieht, dass sie etwas sagen will und steht noch in der Nähe der Tür.

„Du bist heute mit Lara für den Barbetrieb am Tresen eingeteilt. Wir haben hier wichtige Dinge zu besprechen und wenn wir Fragen an dich haben, rufen wir dich."

Henry steht völlig erschrocken da. Er ist degradiert und Tamara gibt ihm Anweisungen. Sie soll wohl auch offiziell künftig den Laden führen. Henry fühlt sich schlecht und will etwas fragen, zaudert aber noch und traut sich dann doch nicht. Er steht aber unentschlossen an der Tür, das vierte Glas noch in der Hand. Da sieht ihn Tamara an.

„Was ist noch? Am Tresen ist genug zu tun!"

Das klang herbe und Henry schluckt und verlässt wortlos das Zimmer. Wie soll das weitergehen, fragt er sich. Er wird von den neuen Planungen und vom Wissen ausgeschlossen. Völlig verunsichert erreicht er die Bar und schenkt sich ein großes Glas Wodka ein. Er weiß schon lange, dass Tamara ihn verachtet. Gedankenverloren lehnt er sich an den Tresen.

Im Hinterzimmer wird derweil vieles beschlossen, unter anderem auch, dass Pia in das Büro des Detektives einbrechen und alle Infos und den Laptop herausholen soll. Sie vermuten, dass dort Infos sind, die sie nicht haben. Pia ist deswegen und zur Vorbereitung schon zweimal nachts am Büro vorbeigefahren und es war immer dunkel. Und sie hat erkundet, dass man vom Hof aus leichter einsteigen könnte. Sie ist dazu sofort bereit. Pia gehört nun zusammen mit Tamara und Diedrichsen zum Führungszirkel. Nur die Schubert soll noch dazu kommen.

Am Tresen steht schon Lara, die andere Barfrau, diesmal mit einem durchsichtigen Netzshirt und schwarzen Slip und sortiert einige Flaschen. Tamara hat ein neues Outfit für den Tresendienst und die Nutten bestimmt und natürlich ohne Henry zu fragen. Die beiden Tänzerinnen kommen jetzt auch laut

Hallo rufend durch die Tür und stellen ihre Regenschirme an der Garderobe ab. Henry steht abwartend hinter dem Tresen und ihm ist unklar, ob er hier jetzt die Leitung hat. Er ist deprimiert und möchte alles hinschmeißen. Er nimmt noch einen Schluck vom Wodka und der Alkohol an diesem Tag hat einen Pegel erreicht, dass er unsicher steht und sich am Tresen festhalten muss. Lara kommt nun auf ihn zu. Sie ist mit ihren High Heels gut einen halben Kopf größer als dieser rundliche Mann, der jetzt mit seinen Hosenträgern und einer zu weiten und hoch gezogenen Hose vor ihr steht. Er riecht nach Schweiß, hat glasige Augen und steht ratlos da. Lara sieht ihn an. Sie ist schon vorab informiert worden. Sie und nicht Henry Butt soll den Tresendienst organisieren.

„Die Gläser sind fertig, sortiere die schon mal ein", sagt sie wie selbstverständlich und ist der Meinung, dass er die neue Situation kennt.

Henry Butt sieht sie total erschrocken an. Seine Gedanken kreisen. Weiß sie alles? Und jetzt spielt sie sich hier auf. Er steht regungslos da und hat sich an den Schrank hinter den Tresen gelehnt und denkt nach. Früher hätte er Lara sofort geohrfeigt. Vor zwei Jahren, als sie neu war, hat sie nach Schlägen von ihm noch um Gnade geschrien. Aber jetzt? Er weiß nicht, wie er jetzt reagieren soll. Er schenkt sich mit zittriger Hand das Glas wieder mit Wodka voll und nimmt einen großen Schluck. Lara steht am anderen Ende des Tresens und sieht dann, dass er keine Anstalten macht, um die Spülmaschine zu entleeren. Sie kommt langsam auf ihn zu und stellt sich ganz nah an ihn heran, eigentlich zu nah. Sie hat keine Angst mehr vor diesen besoffenen Mann. Er weicht ein Stück zurück und drückt sich fest an den

Schrank. Sie steht fast auf Tuchfühlung vor ihm und sieht von oben herab.

Lara findet ihren bisherigen Chef in dieser Situation lächerlich. Ein betrunkener dicker Wicht, der jetzt kaum stehen kann und sogar vor ihr zurückweicht. Sie sieht nun buchstäblich von oben auf ihn herab. Henry Butt kann ihren Blick nicht standhalten.

„Auf was wartest du?" fragt sie relativ laut.

Sein Mut bricht jetzt zusammen. Er senkt seinen Blick, seine Hände zittern. Innerlich sinkt er in eine dunkle Hoffnungslosigkeit. Lara geht einen Schritt zurück. Sie wartet ab. Die beiden Tänzerinnen bemerken die Lage, unterbrechen ihre Vorbereitungen und sehen gespannt zum Tresen. Henry zögert und wagt keine Widerworte. Er denkt fieberhaft nach. Was passiert, wenn er jetzt zuschlägt, was angesichts ihrer Respektlosigkeit fällig wäre? Wird sie wie Tamara zurückschlagen? Er weiß, dass er zu viel getrunken hat. In diesem Zustand wäre er ihr körperlich unterlegen. Ihm ist schwindelig. Nur ein kleiner Stoß und er würde sich nicht auf den Beinen halten können. Henry Butt verliert allen Mut und gibt auf.

„Ja, alles klar", kommt es leise von ihm und er ist nicht in der Lage, Lara in die Augen zu sehen.

Er beginnt, die Gläser aus der Maschine zu holen und mit zittriger Hand einzusortieren. Damit hat er jede Autorität verloren. Auch vor den Tänzerinnen, die alles interessiert beobachtet haben. Er weiß es. Er schämt sich, weil er nun sogar vor Lara zurückweicht.

Die Tänzerinnen kommen nun wie immer an den Tresen und Henry merkt, dass sie über ihn schon lachen. Sie wollen zuerst immer einen Sekt trinken. Henry bedient sie ohne Murren. Mit seiner zittrigen Hand geht auch Sekt am Glas vorbei. Er sagt dabei kein Wort. Er bedient an dem Abend auf Klingelzeichen auch die drei Besucher im Hinterzimmer, schwankend, und wird von ihnen kaum beachtet. Aber er hält es nicht lange aus und sinkt betrunken auf einen Sessel vor der Bühne in sich zusammen und schläft seinen Rausch aus.

Die neue Führungsriege will den Hamburger Zweig übernehmen. Henry Butt wird nicht gebraucht. Die Assistentin von Torres, die übergelaufen ist, wird nun den ganzen Geldtransfer organisieren.

Drei Tage später wird man Henry in seiner Wohnung finden. Die Polizei wird den Suizid feststellen.

*

Karin hat sich von der Geburtstagsfeier mit dem Taxi spät ins Büro fahren lassen. Ihr ist auch etwas übel. Es war einfach zu viel Alkohol. Im Büro gibt es den Nebenraum, der als Schlafzimmer eingerichtet ist und auch oft von beiden genutzt wird. Karin duscht zuerst und zieht lediglich ein kurzes Nachthemd über. Sie ärgert sich, dass sie Heinrich diesmal nicht widerstehen konnte. Es wird 2 Uhr und sie löscht das Licht und legt sich zum Schlafen hin.

Um 3 Uhr schleicht eine zierliche Thailändische Frau am Büro vorbei. Den Suzuki-Jeep hat sie ein Stück weiter abgestellt. Sie trägt eine enge Latexhose und ein enges schwarzes Tshirt. Sie hat eine Art Beutel aus festen dunklen Stoff bei sich, darin einen Kuhfuß und zwei verschieden große Schraubenzieher. Wie schon die Tage vorher ist alles im Büro dunkel. Sie geht ein Haus weiter über den Hinterhof und erreicht dort auch den hinteren Eingang, der über ein Treppenhaus zu einer Hintertür zum Büro führt. Die Außentür ist nicht verschlossen. Die Mieter vergessen das oft. Sie erreicht die hintere Bürotür. Eine einfache alte Tür mit einfachem Schloss. Mit dem Kuhfuß hebt sie die Tür mühelos aus dem Schloss. Es gibt nur ein leises Knarren. Sie wartet, ob das Geräusch irgendjemand geweckt haben könnte. Aber es ist alles total ruhig.

Pia schleicht sich nun in das Büro. Zuerst gibt es dort einen kleinen Flur. Von dort geht es in ein Badezimmer. Weiter geradeaus führt eine nicht verschlossene Tür direkt ins Büro. Sie öffnet die Tür und da gibt es ein leises Schurren auf dem Boden, weil die Tür etwas hängt. Aber Pia geht nun ohne besonders leise zu sein hinein. Sie sieht auf dem Schreibtisch einen offenen Laptop und diverse Unterlagen. Gerade als sie den Laptop greifen will, sieht sie plötzlich Karin im

Raum stehen. Beide erschrecken sichtlich und sehen sich eine Weile abwartend an. Karin greift sofort an. Sie packt Pia und beide ziehen und schieben sich im Raum hin und her. Dann drückt Karin die andere Frau mit aller Kraft an eine Wand. Als sie ihre Arme hoch über ihren Kopf an die Wand drücken will, gibt es keinen Widerstand. Sie wundert sich kurz und dann weiß sie schmerzhaft, warum. Pia rammt ihr Knie in Karins Bauch. Sie bekommt keine Luft und weicht gekrümmt zurück. Pia greift nun energisch an und schlägt wild auf Karin ein. Sie sinkt in einer Ecke des Raumes langsam zu Boden und hält ihre Arme abwehrend hoch. Pia greift in Karins Haare und zieht sie zurück in den Raum. Karin schreit vor Schmerz und bekommt panische Angst. Sie wird regelrecht verprügelt. Sie ist von der Energie dieser kleinen Frau völlig überrascht. Aber jetzt am Boden zieht sie Pia zu sich herab. Es geht nochmal hin und her. Dann merkt

Karin, dass diese Thailändische Frau ihr körperlich überlegen ist. Ihr geht die Kraft aus und Pia kniet schon über Karin, die auf den Rücken unter ihr liegt. Karin windet sich nochmal mit letzter Kraft. Dann drückt Pia gegen den letzten Widerstand Karins Arme auf den Boden. Und jetzt setzt sie noch ihre Knie auf die Oberarme und ruckelt immer hin und her. Das ist so schmerzhaft, dass Karin schreit und dann heftig zu weinen anfängt. Sie gibt erschöpft auf. Pia steht von ihr auf. Karin hockt am Boden vor ihr und hält ihre Oberarmmuskeln mit den Händen, um den Schmerz zu lindern.

Pia nimmt ihr Smartphone und telefoniert in aller Ruhe mit Rudi Diedrichsen.

„Ich habe die Frau vom Detektiv hier fertig zur Abreise gemacht. Ich brauche noch jemand, um sie mitzunehmen."

Rudi lobt sie überschwänglich. Pia ist wirklich zu gebrauchen.

„Tamara ist im Club. Ich schicke sie dir." –

„Ja, das genügt. Wir haben keine Mühe mit der Frau."

Pia packt den Laptop und diverse herumliegende Unterlagen ein, findet auch eine Kamera, die sie auch mitnimmt. Sie verstaut alles in den großen Beutel. Karin fühlt sich völlig machtlos und ihre Oberarme schmerzen immer noch höllisch.

„Darf ich was anziehen?" fragt Karin nach einer Weile.

Pia sieht sie an. Karin hockt immer noch nur mit einem kurzen Nachthemd bekleidet am Boden und versucht nun, aufzustehen. Sie überlegt, wann und wie sie eine Chance zur Flucht hätte. Aber jetzt weiß sie, dass sie gegen diese Pia einfach machtlos ist. So bleibt sie gekrümmt an einer Wand stehen. Sie hat Angst vor weiteren Schlägen. Nach etwa 20 Minuten erscheint Tamara in einem alten Mercedes. Sie hat nur über ihr neues Bar-Outfit einen Mantel übergezogen.

Pia und Tamara greifen Karin an den Armen und führen sie aus dem Büro. Der Mercedes steht ein kleines Stück weiter. Karin täuscht einen Schwächeanfall vor und sinkt in ihrem Nachthemd auf den Gehweg. Die beiden Frauen zerren sie mit Mühe hoch und lassen Karin sich an die Häuserwand lehnen. Tamara zeigt auf den Mercedes, der drei Autolängen weiter steht. Sie schauen deswegen kurz in diese Richtung und nur Pia hat Karin am Arm zu fassen. Da sieht Karin ihre Chance. Sie reißt sich los und schubst Pia zurück. Sie stolpert gegen Tamara, die sie gerade noch auffangen kann. Karin läuft barfuß in die andere Richtung. Sie läuft so schnell sie kann und hofft, dass sie Menschen begegnet, die ihr helfen könnten. Aber niemand ist auf der Straße zu sehen. Die beiden Frauen folgen ihr schnell. Sie kommen immer näher und holen sie ein. Tamara packt sie von hinten und reißt sie zurück. Karin fällt zu Boden und Tamara kniet blitzschnell auf ihren Bauch. Sie schlägt Karin sofort ins Gesicht. Ihre Schläge sind ungewöhnlich hart. Pia ist auch angekommen und sieht zu, weil Tamara allein mit Karin fertig wird. Karin schreit laut und wehrt sich wild und panisch. Aber sie hat keine Chance. Tamara kann von oben weiter gezielt zuschlagen. Plötzlich kommt ein Taxi vorbei und der Fahrer sieht, wie zwei Frauen eine dritte verprügeln. Er hält und steigt aus.

„Hallo, hallo, so geht das nicht. Lasst die Frau in Ruhe."

Er kommt näher und Pia stellt sich ihm mutig entgegen. Der Taxifahrer ist ein älterer Mann, untersetzt und langsam in seinen Bewegungen. Pia tritt ihn blitzschnell in den Bauch. Damit hat der Mann nicht gerechnet. Er knickt nur leicht nach vorn, kann aber irgendwie Pia greifen. Er flucht und schlägt Pia ins Gesicht. Sie versucht sich loszureißen, was ihr nicht gleich gelingt. Jetzt kommt Tamara ihr zu Hilfe. Sie ist größer als der alte Taxifahrer. Sie greift von hinten mit beiden Händen um seinen Hals. Der Mann lässt Pia los und wird von Tamara nach hinten gezogen. Sie drückt mit ihren Händen den Hals zu. Pia tritt von vorn dem Mann in den Schritt. Der sinkt mit einem heiseren Schrei zusammen.

Karin kann nicht helfen. Sie hatte das zwar zuerst vor, sieht aber, dass er von den beiden fertig gemacht wird. Sie läuft zum Taxi, steigt ein und gibt Gas. Der Schlüssel steckt und das Handy des Taxifahrers liegt auf dem Beifahrersitz. Sie sieht im Rückspiegel noch wie der

Taxifahrer gerade leblos zu Boden geht. Die beiden Frauen schauen ratlos dem Taxi hinterher. Karin ist ihnen entkommen.

Sie fährt von dort in Richtung ihrer Schwester. Aber dann wird ihr schlecht und übel und sie fährt auf den Parkplatz eines Supermarktes und hält an. Von der Anstrengung, der Angst und der Panik bricht sie auf den Fahrersitz zusammen und weint heftig, was ihr aber auch Erleichterung bringt. Als sie sich etwas beruhigt hat, nimmt sie das Handy des Taxifahrers und ruft die Nummer ihrer Schwester an. Es dauert und dann meldet sich Heinrich mit mürrischen Tonfall. Karin beschreibt schluchzend ihren Standort und dass sie nicht mehr weiter kann. Kurz darauf meldet sich die Taxizentrale und Karin sagt denen, dass ihr Fahrer überfallen wurde und in der Dorotheenstraße auf dem Gehweg liegt. Sie wartet im Taxi auf Heinrich.

Nach 15 Minuten erscheint Heinrich mit seinem schwarzen Benz. Er stütz Karin beim Aussteigen und hilft ihr in seinen Wagen. In der Villa wartet schon Verena mit Tina. Sie führen Karin, die immer noch unter Schock steht, in das obere Bad. Nach ausgiebigen Duschen beruhigt sie sich allmählich und kann im Gästezimmer ausschlafen.

*

Im Herrenzimmer will der Kamin wieder nicht richtig ziehen. Der alte Herr versucht es erst gar nicht und erwartet den Besuch in seinen schönen Ledersessel sitzend, eine Zigarre rauchend und vom Dienstmädchen mit Kaffee versorgt. Das Wetter wird winterlicher und teilweise sieht er den Regen in Schnee übergehen. Das junge Mädchen meldet den Besuch und ist irgendwie anders, zuckt dabei fragend mit den Schultern.

Ehe sie aus dem Herrenzimmer entfernen kann, kommen zwei ganz andere Männer in den Raum. Beide tragen schwarze Lederjacken und passend dazu lederne Handschuhe. Der schwarze Jo schließt die Tür und Rudi Diedrichsen setzt sich provozierend auf einen der schönen Ledersessel genau dem Alten gegenüber und grinst breit. Der Alte bleibt ganz ruhig. Aber er greift etwas zu unsicher in die Schublade des Couchtisches, der auch im englischen Stil handgefertigt wurde und direkt vor ihm steht. Da hat Rudi Diedrichsen schon eine Pistole mit Schalldämpfer in der Hand.

„Na, Na, wer wird denn jetzt einen Fehler machen!" sagt er im gewohnt rauen Ton.

Der Alte nimmt seine Hände wieder über den Tisch. Jo kommt zu ihm herum und greift sich die Pistole, die der Alte aus der Schublade nehmen wollte.

„Wo ist Nr. 3?" fragt der Alte. –

„Den gibt es nicht mehr. Vielleicht wird die Elbe ihn demnächst freigeben", spottet Rudi, „eure Zeit ist vorbei, wir übernehmen jetzt alles!"

Der Alte lehnt sich etwas erschöpft zurück. Er ahnt, dass es jetzt vorbei ist. Aber er weiß, dass sein Sohn sich der Sache noch annehmen wird. Und dann gibt es keine Gnade. In diesen Moment drückt Rudi Diedrichsen ab. Der Alte sackt im Sessel zusammen. Aus seiner Stirn fließt Blut. Die beiden Gäste verlassen ganz gelassen das Herrenzimmer und es fällt noch ein Schuss. Das junge Mädchen fällt in der Küche, die sich neben dem Herrenzimmer befindet, zu Boden. Der Kaffee, den sie gerade servieren wollte, wird schnell kalt und die beiden Männer verlassen das Haus und niemand hat was gesehen.

*

Karin schläft lange. Sie hat aber schlecht geträumt. Es ist 11 Uhr und sie steht langsam auf. Verena hat ihr einige Kleidungsstücke hingelegt. Nach dem Duschen will sie noch kurz mit Heinrich sprechen und geht in sein Büro, das auch oben im 1. Stock am Ende des Flures liegt. Das kurze Gespräch mit Dr. Pudelkern geht ihr nicht aus dem Kopf. Hat etwa Heinrich Geschäftsbeziehungen mit den Torres? Oder sogar mehr als das? Heinrich ist nicht da und Karin sieht sich neugierig um, weil sie ewig nicht mehr das Büro betreten hat. Das Büro wurde neu eingerichtet. Alles in Antik-Nussbaum und sehr repräsentativ. Regalwände mit Büchern und Ordnern, aber auch eine große Vitrine mit Auto-Modellen und Deko-Objekten. An den Wänden gibt es einige schöne Bilder und dann sieht sie auch eine Weltkarte auf Kork geklebt.

Plötzlich fällt ihr auf, dass eine rote Stecknadel in Rio steckt und die andere Stecknadel in Rotterdam. Weitere Nadeln mit blauen Köpfen stecken auf Moskau und Hamburg. Karin fotografiert die Karte mit ihrem Smartphone. Sie geht zum Schreibtisch und findet dort einen Termin-Kalender, geöffnet auf den heutigen Tag. Sie blättert zurück und findet zwei Mal einen Termin mit Dr. Pudelkern und dann tatsächlich vor 2 Wochen einen Eintrag „Torres, eilt". Plötzlich geht die Tür auf. Es erscheint Marina, das Hausmädchen, weil sie im Büro immer an diesem Tag der Woche die Oberflächen abwischen soll. Sie erschrickt etwas.

„Oh, ich habe das gar nicht gehört, dass du hier drin bist. Heinrich hat angerufen, dass er in einer halben Stunde kommt und ich soll ihm auch seinen Earl-Grey Tee hinstellen." –

„Bist du schon morgens hier im Haus? –

„Nicht jeden Tag, nur zwei Mal die Woche, sonst immer nur am Nachmittag", antwortet Marina und beginnt mit einem Wischtuch ihre Arbeit.

Karin verlässt das Büro und geht die Treppe hinab. Für sie steht Frühstück mit gekochtem Ei und frischen Brötchen bereit. Verena setzt sich zu ihr und Karin beginnt zu erzählen. Es war sehr knapp. Wenn ihr die Flucht nicht gelungen wäre, wer weiß – sie mag sich das nicht ausdenken. Nach dem Frühstück ruft sie Tobias an und berichtet ihm die Geschehnisse, geht aber mit ihrem Smartphone auf die Terrasse.

„Bleib jetzt bei Verena und mach erstmal nichts", rät er ihr dringend und voller Sorge, „ich komme Übermorgen zurück. Dann sehen wir weiter."

Karin stimmt zu und Verena nickt, als Karin sie fragt. Sie kann im Gästezimmer bleiben bis Tobias sie abholt. Trotzdem geht ihr der Fall nicht aus dem Kopf. Sie will unbedingt diesen Patenonkel ermitteln und ruft dazu den Kommissar an, der mit Tobias befreundet ist. Sie hofft, dass er ihr sagen kann, wer Marco als vermisst gemeldet hat. Der Kommissar freut sich, von ihr zu hören und verspricht zurückzurufen. Und tatsächlich, kaum eine halbe Stunde später meldet er sich. Es ist ein Hans Thomsen mit Anschrift in Uetersen. Das scheint, so meint der Kommissar, auch der Patenonkel zu sein. Auch eine Telefon-Nummer gibt er ihr unter der Hand bekannt. Und dann erwähnt der Kommissar beiläufig, dass dieselbe Frage gestern vom Stiefvater gestellt wurde. Ihm wurde auch diese Auskunft erteilt.

Kaum dass Karin das Gespräch beendet hat, erscheint Heinrich. Er hatte schon auswärts zu tun. Er hat sein Unternehmen in der Innenstadt in der Ost-West-Straße. Karin war dort noch nie. Oft arbeitet er aber auch von zu Hause aus. Er begrüßt alle und setzt sich mit an den Frühstückstisch, trinkt aber nur einen Kaffee mit. Karin fragt ihn direkt wie das ihre Art ist:

„Ich war vorhin kurz in dein Büro, weil ich dachte, dass du da währest. Schöne Möbel hast du da. Auf der Weltkarte sah ich dann, dass du sogar bis Rio Geschäftsbeziehungen hast oder ist das nur eine Schiffsroute?"

Heinrich stutzt etwas. Eigentlich hat niemand außer Marina Zutritt zu seinem Büro. Er hält es immer abgeschlossen und muss es gestern Abend vergessen haben. Er zögert mit der Antwort.

„Ich organisiere seit Jahren den Transport von Waren aus Südamerika, seltene Früchte, auch Mineralien und ähnliches, also keine Massenwaren und arbeite deshalb mit anderen Unternehmen und Schiffslinien zusammen. Oft teilen wir uns einen der großen Container."

Karin nickt nur und schenkt sich noch einen Kaffee ein.

„Da dachte ich nur, dass das bestimmt eine interessante Tätigkeit ist", erklärt Karin ihre Frage.

Aber sie findet die Schiffsroute wie sie auf der Weltkarte zu sehen ist merkwürdig. Warum nicht nach Hamburg? Da merkt sie, dass sie von Heinrichs Geschäften noch nie etwas erfahren hat.

„Ja, das stimmt", bestätigt Heinrich etwas nachdenklich, „aber auch gefährlich. Heute Morgen wurde ein Geschäftspartner tot aus der Elbe gefischt. Er wurde erschossen."

Heinrich wirkt auf einmal sehr abwesend und irgendwie nervös. Er verabschiedet sich kurz. Er muss im Büro oben im Haus noch dringende Angelegenheiten erledigen Telefonate führen.

Karin ist wegen der Nachricht vom Kommissar total unruhig. Der Stiefvater hat einen Tag Vorsprung. Der Patenonkel ist in großer Gefahr. Sie geht wieder in den Garten und versucht den Onkel zu erreichen. Aber es meldet sich niemand. Auch kein Anrufbeantworter. Sie versucht es tagsüber noch mehrmals und wieder kein Anschluss. Dann fällt ihr ein, dass dieser Onkel sich möglicherweis in Scharbeutz aufhält. Es lässt ihr keine Ruhe.

Sie bittet Verena, sie in ihre Wohnung zu fahren. Verena bringt sie mit ihrem Cabrio zurück. Aber sie ermahnt sie, auf Tobias zu warten. In der Wohnung gibt Karin Verena die geliehenen Kleidungsstücke zurück und zieht dort von ihren eigenen Sachen eine enge Jeans und ein schwarzes Oberteil an. Verena verabschiedet sich und hat einen sorgenvollen Gesichtsausdruck. Karin hat es eilig und will dem Torres unbedingt zuvorkommen.

Einen Mantel nimmt sie über den Arm und dann fährt sie schon mit ihrem roten Golf in Richtung A1 nach Scharbeutz. Sie wird noch am Nachmittag ankommen. Unterwegs ruft sie nochmal Tobias an, der von ihrer Aktion nicht begeistert ist und sich große Sorgen macht. Er will jetzt noch in der Nacht einen Zug nach Hamburg nehmen. Sein Vater hat sich etwas erholt und so kann er jetzt auch nach Hause kommen.

„Bitte, pass auf dich auf", sagt er ihr am Telefon nachdrücklich. „Mit dem Überfall auf dich haben die alle unsere Ermittlungsergebnisse in die Hand bekommen. Die können sich doch unsere weiteren Schritte jetzt gut vorstellen. Verkleide dich dort wenigstens." –

„Ja, mache ich. Ich werde sehr vorsichtig sein." –

„Melde dich aber sofort, wenn etwas passiert oder du etwas ermitteln kannst." Tobias redet eindringlich auf seine Partnerin ein und kann seine Rückkehr kaum abwarten.

In Scharbeutz angekommen parkt Karin hinter dem Kurpark. Sie kann von dort schnell zu Fuß über die Strandpromenade zur Bastei laufen. Im Auto hat sie immer einen kleinen Koffer mit Perücken, Brillen und anderen Sachen zum Verkleiden dabei. Sie setzt sich jetzt eine dunkle Perücke mit schulterlangen Haaren über und setzt sich eine hässliche Brille auf. Dann läuft sie los über die Strandpromenade bis zur Bastei. Gegenüber soll der Onkel eine Wohnung haben. So jedenfalls hat es der DJ Mac gesagt. Es fängt wieder zu regnen an. Karin setzt jetzt noch eine Mütze auf.

Gegenüber der Bastei ist ein größerer Platz mit einem Eiscafé und weiteren Restaurants. Es sind nur wenig Menschen mit aufgespannten Regenschirmen unterwegs. Am Eingang zu dem großen Wohnblock rechts von der Bastei aus gesehen findet Karin keinen Namen „Thomsen". Sie geht zu dem gegenüber liegenden Wohnblock. Tatsächlich! Da findet sie den Namen auf einem Klingelschild. Sie drückt den Klingelknopf und wartet. Sie wiederholt es, aber es gibt keine Reaktion.

Karin geht um das Haus herum und sieht an der Strandpromenade eine Bar, die sich *CD-Bar* nennt. Die Bar wird gerade geöffnet, da es kurz nach 17 Uhr ist. Als sie eintreten will, sagt ihr der Mann, der offenbar der Inhaber ist, dass sie erst um 18 Uhr öffnen. Aber sie soll wegen des Regens ruhig schon mal hereinkommen. Karin setzt sich an den Tresen und bestellt einen Kaffee. Als der Inhaber, ein

Mann um die 40, etwas Zeit hat und sich ihr zuwendet, holt sie die Fotos von Marco und Marie heraus.

„Haben sie die schon mal gesehen?" fragt sie ihn unvermittelt.

Er betrachtet die Fotos genau.

„Also, den jungen Mann kenne ich nicht, aber die Frau könnte gestern Abend hier gewesen sein. Jedenfalls gibt es da eine Ähnlichkeit. Aber sicher bin ich mir nicht." –

„War sie in Begleitung eines älteren Mannes?" fragt Karin weiter.

Der Inhaber schaut sie jetzt fragend an und zapft sich ein Bier.

„Warum fragen sie das alles?" –

„Die Frau auf dem Foto könnte eine vermisste junge Frau sein. Sie heißt Marie und gilt als vermisst. Ich suche sie und habe Hinweise erhalten, dass sie sich hier in Scharbeutz evtl. sogar in diesem Haus versteckt und von einem älteren Herrn, der früher Kapitän gewesen sein soll, beschützt wird."

Der Inhaber denkt nach. Sein Bier ist jetzt mit einer perfekten Schaumkrone fertig. Er nimmt zuerst einen großen Schluck.

„Wer bist du denn eigentlich, dass ich dir antworten soll?" fragt er nun etwas misstrauisch. „Bist du eine Verwandte?" –

Karin holt aus ihrer Manteltasche eine Visitenkarte und legt sie auf den Tresen.

„Wir haben den Auftrag von den Eltern. Sie ist außerdem in Gefahr und es ist schon richtig, niemanden weiter Auskunft zu geben." –

„Aber dir soll ich jetzt vertrauen?"

Karin schaut um sich herum, ob auch sonst niemand da ist und mithören könnte. Dann erzählt sie einige Dinge, die sich schon ereignet haben und auch, dass möglicherweise sogar ihr Stiefvater eine Gefahr darstellt. Der Mann hinter dem Tresen pfeift durch die Lippen und staunt. Er sieht sich die Visitenarte genau an: Tobias Alff, Privatdetektiv in …

„Und du bist seine Partnerin?" –

„Und Lebensgefährtin. Tobias kommt morgen zurück. Er hat seinen kranken Vater besucht." –

„Ja, diese Frau ist wohl tatsächlich hier gewesen. Sie war in Begleitung eines älteren Herrn, der schon häufiger hier war und immer Geschichten aus der Seefahrt erzählt. Also, das kann passen." –

„Bitte, sagen sie jetzt niemanden etwas, wer immer auch fragt. Sollte sie hier wieder kommen, geben sie ihr einfach kommentarlos diese Visitenkarte. Ich versuche nochmal, bei dem alten Thomsen zu klingeln."

Karin dankt dem Mann und verabschiedet sich. Der weitere Klingelversuch führt wieder zu keiner Antwort oder Reaktion. Karin geht wieder in die CD-Bar und bestellt sich nun ein Bier und erzählt dem Inhaber, dass sie noch ein- oder zwei Stunden wartet und dann wieder versuchen will, Kontakt herzustellen. Inzwischen kommen drei Gäste in die Bar und setzen sich auch an den Tresen. Karin versucht nach fast zwei Stunden erneut, Kontakt über die Klingel herzustellen, aber auch jetzt kommt keine Reaktion. Sie fährt schließlich zurück nach Hamburg, meidet aber das Büro und bleibt vorsichtshalber in ihrer Wohnung.

*

Noch während Karin ihr Bier in der CD-Bar getrunken hat, treten eine schlanke große Frau in einem dunkelroten Kleid, das knapp über die Knie reicht und mit einem eleganten grauen Mantel, den sie aber über ihren rechten Arm trägt sowie ein gut aussehender mittelgroßer Mann mit leicht angegrauten Haaren und gut sitzenden schwarzen Nadelstreifen-Anzug in das Foyer des *Bayside* Hotels in Scharbeutz ein. Den schwarzen Jaguar haben sie schon in der Tiefgarage abgestellt. Sie buchen eine Suite für drei Nächte ganz oben im Hotel. Ihr knappes Gepäck nehmen sie selbst und fahren mit dem Aufzug in die oberste Etage. Die Suite ist elegant, eher modern, aber professionell gestylt eingerichtet. Vom Balkon ist die Ostsee zu sehen. Die Frau hat beim Einbuchen den Namen Sonja Morgenstern angegeben. Es ist ein falscher Name und dazu hat sie einen gefälschten Reisepass vorgelegt. Der Mann hat dagegen seinen richtigen Namen mit Lorenzo Torres angegeben und belegt.

„Schau mal, Sabine, welch schöner Blick von hier oben!"

Lorenzo Torres steht am Fenster zum Balkon und genießt den Blick, obwohl es schon dunkel geworden ist. Er packt seine kleine Reisetasche aus und wirft sich der Länge nach auf das breite Bett.

„Warum hast du eigentlich nicht deinen richtigen Namen angegeben?" fragt er seine Begleitung, die sich gerade umzieht und legere Kleidung, nämlich eine einfache helle Baumwollhose und ein schwarzes Oberteil mit kleinen spitzen Ausschnitt anzieht.

„Warum hast du das nicht genauso gemacht?" fragt sie provozierend zurück.

Lorenzo Torres setzt sich auf die Bettkante und nimmt seine Krawatte ab. Er nimmt aus seiner Brieftasche einige Geldscheine und eine Kreditkarte heraus und steckt alles in eine Innentasche seines Jacketts. Die Brieftasche lässt er auf den Nachttisch liegen.

„Weil es deine Aufgabe ist. Wenn überhaupt wird man sagen: Es war eine Frau. Und irgendwann wird man feststellen, dass sie den Namen Sonja Morgenstern hat." –

„Und man wird feststellen, dass ein gewisser Lorenzo Torres mit dieser geheimnisvollen Frau hier im Hotel eingebucht war", erwidert sie klug.

Soweit wird es nicht kommen, denkt Torres und prüft, ob er auch wirklich die Pistole mit dem Schalldämpfer ganz unten in die Reisetasche eingepackt hat. Zuerst wird sie ihre Aufgabe erfüllen und dann ist diese Verräterin fällig. Eine halbe Stunde später suchen beide den Wohnblock in der Strandallee auf und finden den Namen Thomsen auf einem Klingelschild. Aber es gibt keine Reaktion, noch nicht, denkt Torres. Auch ein zweiter Versuch eine Stunde später führt wieder zu keiner Reaktion. Sie gehen deshalb zurück in das Hotel und lassen sich in der Hotelbar guten Champagner servieren und essen eine Kleinigkeit. In der Suite werden sie das letzte Mal Sex haben. Sabine Schubert spielt ihm ihre Leidenschaft perfekt vor und ist froh, als er zum Höhepunkt kommt und sich dem Schlaf hingibt. Sie selbst legt sich nach dem Duschen dazu.

Am nächsten Morgen steht Sabine Schubert schon um 8 Uhr auf, geht ins Bad und zieht dann ihre eleganten Sachen an. In der Suite gibt es einen guten Kaffeeautomaten und Lorenzo Torres liebt es, noch vor dem Anziehen einen extra starken Kaffee zu trinken. Das war schon einige Jahre immer das notwendige Ritual nach einer schönen Nacht. Lorenzo Torres erwacht eine halbe Stunde später und sieht die Frau mit ihrem Smartphone hantieren. Sie sitzt auf einen der stilvollen Clubsessel. Und es riecht angenehm nach Kaffee. Sie lächelt ihn an und er setzt sich zu ihr. Sie

288

holt den Kaffeebecher von der Maschine und stellt ihn vor Lorenzo Torres auf einen kleinen runden Tisch.

„Wie immer!" sagt sie flötend und lächelt gewinnend.

Es wird sein letzter Kaffee sein. Sie hat eine Überdosis K.o.-Tropfen zugegeben, eine Dosis, die nicht nur zur Bewusstlosigkeit führt, sondern zum Herzstillstand. Lorenzo Torres lächelt zurück und ist mit seinen Gedanken schon einige Tage weiter. Wenn sie Marie erledigt hat, muss sie nur noch erledigt werden. Dann kann er mit Nr. 2 den neuen Zweig in Hamburg aufbauen und diesen dummen Diedrichsen aushungern lassen. Er trinkt wie immer ziemlich schnell den heißen Kaffee, der normalerweise seinen Kreislauf in Schwung bringt und die Müdigkeit vertreibt. Einige Minuten später ringt er nach Luft und hält sich krampfhaft an die Sessellehne fest. Aber es hilft nichts. Er sinkt langsam zu Boden und liegt bald völlig regungslos vor dem Bett.

Sabine Schubert packt ihre Sachen, nimmt die Waffe aus der Tasche von Lorenzo Torres an sich, ebenso seine Brieftasche und die Kreditkarte, die noch auf dem Nachttisch liegt. Sie wischt alle Möbel, Türgriffe und auch die Objekte im Bad gründlich mit einem feuchten Tuch ab. Dabei hat sie sich schon vorsichtshalber Handschuhe angezogen. Es werden keine Spuren von ihr zu finden sein. An der Tür bringt sie außen das Schild mit der Aufschrift „Bitte nicht stören" an und verlässt das Hotel über den Außenaufzug, ohne das Eingangsfoyer betreten zu müssen. Sie geht durch die Strandpromenade und betätigt erneut den Klingelknopf bei Thomsen. Keine Reaktion. Sie wartet draußen bis jemand das Haus verlässt und gelangt dann in das Treppenhaus. Im 2. Stock findet sie die Wohnungstür mit einem Holzschild in Form eines Schiffes und der Aufschrift „Thomsen". Sie klingelt direkt dort und klopft auch an die Tür. Und plötzlich hört sie drinnen Schritte. Ein älterer Mann mit grauen Bart und wenig Haare auf dem Kopf öffnet vorsichtig. Sabine Schubert drückt die Tür auf und richtet ihre Waffe, eine italienische *Beretta M5* mit Schalldämpfer auf den alten Mann. Thomsen bekommt einen heftigen Schreck und weiß sofort, wen die Frau sucht.

„Zurück!" zischt sie und Thomsen geht langsam rückwärts in seine Wohnung.

„Was wollen sie mit der Waffe?" fragt er ziemlich laut und bleibt einfach stehen.

„Weiter zurück, Alter! Oder ich drücke sofort ab!" –

„Ich habe hier keine Wertsachen oder Bargeld in der Wohnung", sagt Thomsen wieder laut, um Zeit zu gewinnen.

„Wo ist das Mädchen?" fragt die Schubert schneidend und ungeduldig.

„Welches Mädchen?" Thomsen stellt sich unwissend.

Er weicht aus dem Flur in die Tür zum Badezimmer zurück. Sabine Schubert geht an den alten Mann vorbei und drückt mit Schwung die nächste Tür auf. Es ist das Schlafzimmer. Und da schlägt Thomsen von hinten zu. Er hat einen Handstock mit einem schön verzierten Kopf aus Metall gegriffen und trifft die Schubert am Hinterkopf. Sie sinkt zusammen, kniet dann am Boden, ist aber vom Schlag nicht bewusstlos geworden. Jetzt erscheint Marie aus dem Wohnzimmer, die Tür gegenüber. Sie hat die Worte von Thomsen gehört und wusste, was passieren würde. Sie hat eine kleine Reisetasche dabei und rennt aus der Wohnung. Thomsen schlägt nochmal zu, aber fast gleichzeitig hat sie abgedrückt. Der Schuss trifft und der alte

Mann sackt im Flur zusammen. Sabine Schubert ist vom zweiten Schlag ganz kurz benommen und braucht etwas Zeit, um sicher zu stehen. Dann rennt sie auch hinter Marie her.

Marie hat schon den Wohnblock verlassen und ist in Richtung der Parkplätze gelaufen. Sie läuft dann gebeugt hinter den Fahrzeugen zur Straße und überquert sie in Richtung Kurpark. Sabine Schubert kommt zu spät und kann nicht erkennen, in welche Richtung Marie gelaufen ist. Sie flucht über diesen alten Mann, der Marie clever gewarnt hat. Sabine Schubert steckt die Waffe in ihre Reisetasche und geht zu Fuß zu dem kleinen Bahnhof und kann von dort nach einer Stunde mit dem Zug über Lübeck nach Hamburg fahren.

*

Früh am Morgen kommt der ICE aus Mannheim über Frankfurt/Main im

Hamburger Hauptbahnhof an. Karin steht am Bahnsteig und als Tobias aussteigt, fallen sie sich lange in die Arme. Auf der Fahrt zur Wohnung erzählt Karin ihm die letzten Erlebnisse. Als Tobias das alles hört, will er nochmal mit dieser Lara aus dem *XXL-Club* sprechen. Vorher inspizieren sie aber ihr Büro in der Dorotheenstraße. Die Tür ist nicht verschlossen und als sie gerade hineingehen, kommt Peter Hansen aus seinem Büro nebenan und erzählt von dem Überfall bei ihm. Tobias bestätigt ihm, dass er wohl gemeint war und es eine Verwechslung gewesen sein muss. Im Büro von Alff kann man noch Spuren des Kampfes erkennen. Der Schreibtischstuhl ist umgefallen, auch der kleine Tisch neben Tobias Ohrensessel. Die Pralinen liegen verstreut am Boden. Sie stellen alles wieder so hin wie es war und stellen nun fest, dass tatsächlich der Laptop fehlt. Auch das Notizbuch mit den vielen

wichtigen   Aufzeichnungen,
Beobachtungen und Adressen sind weg.
Sein großes Schaublatt fehlt ebenfalls.
Damit haben die alle Infos außer die
wenigen, die nicht notiert wurden. Karin
bereitet auf ihren jetzt mitgebrachten
Laptop die notwendige Strafanzeige
wegen   Körperverletzung,
Einbruchsdiebstahl   und
Entführungsversuch vor, die auch für die
Versicherung erforderlich ist. Als sie alle
Formalitäten erledig haben und das Büro
wieder sichern, gehen sie durch den
Regen in das kleine indische Restaurant,
ganz in der Nähe, eine Kleinigkeit essen.
Danach will Tobias in der Hafenstraße
Lara abfangen, um mit ihr zu sprechen
oder sich mit ihr zu verabreden.

Um 20 Uhr parken sie in der Hafenstraße
und beobachten beide aus Tobias alten
Ford Mondeo den Eingang zum *XXL-Club*.
Nach nur 10 Minuten sehen sie eine
rothaarige große Frau kommen. Es

scheint Tamara zu sein. Kurz darauf kommt einer der Türsteher, dann zwei junge Frauen, offenbar die Tänzerinnen. Eine halbe Stunde später sehen sie Lara kommen. Sie kommt dem Ford immer näher. Tobias ruft kurz durch das geöffnet Fenster „Hallo!"

Lara bleibt kurz stehen und nähert sich dem Ford.

„Morgen um 11 Uhr wieder im Alsterpavillon", sagt Tobias und Lara nickt nur und ist froh, sofort weitergehen zu können und nicht aufzufallen.

*

Wieder ein Treffen im Hinterzimmer des *XXL-Clubs*, aber diesmal spät am Abend. Am Eingang steht Roman. Im Club sind mehrere Gäste und werden von Tamara, Lara und einigen weiteren Mädchen bedient. Die Musik spielt leise 70er Rockmusik und die Mädchen an den Stangen bewegen sich nach dieser

Musik. Auf der kleinen Bühne ist gerade die erste Striptease-Show zu Ende. Da erscheint eine elegante Frau und wird neugierig vom Personal beäugt. Sie trägt ein dunkelblaues Kostüm und schwarze High Heels. Ihre königsblaue *Michael Kors* Handtasche mit goldenen Beschlägen rundet ihre elegante Erscheinung ab. Sie grüßt nur durch unauffälliges Nicken und geht zielstrebig durch den Barbereich in das Hinterzimmer. Es ist Sabine Schubert. Im Hinterzimmer sitzen schon Rudi Diedrichsen, wie immer mit schwarzer Lederhose und einen Rollkragenpullover, Tamara mit hautengem türkisfarbenen Kleid und Pia, die eine hautenge schwarze Latexhose und ein enges sonnengelbes Oberteil trägt. Und diesmal auch dabei: Rechtsanwalt Dr. Pudelkern. Er trägt wie immer einen grauen Anzug. Sabine Schubert wird höflich von allen begrüßt.

Rudi Diedrichsen ist gut gelaunt und hat den besten Champagner geordert. Pia schenkt nun allen ein Glas von dem edlen Getränk ein. Alle erheben sich als Diedrichsen sich erhebt und stoßen an.

„Es ist soweit!" beginnt Diedrichsen. „Die alte Führungsriege ist ausgeschaltet, der Hamburger Zweig neu aufgestellt. Für die alte Frachtroute interessiert sich jetzt die Polizei und wird nur noch Nr. 2 als Verantwortlichen feststellen können. Unsere neue Route steht und die erste Lieferung ist in Rotterdam angekommen. Und wir teilen mit niemanden!"

Die Schubert beugt sich etwas vor und sieht Rudi Diedrichsen dabei an, dann aber auch in die Runde:

„Zwei Sachen konnten wir noch nicht erledigen. Diese Marie konnte mit Hilfe eines Mannes vor mir fliehen. Das Problem ist: Wir wissen nicht, was sie tatsächlich weiß. Und der zweite Fall kann vielleicht vernachlässigt werden. Nr. 2 lebt noch und die Polizei wird ihn finden, weil er offiziell die Fracht in seinem Namen in Auftrag gegeben hat. In Torres Büro habe ich zwar alles was auf uns hinweist vernichtet und unser weiterer Mitarbeiter war ja Nr. 3, den ihr bereits ausgeschaltet habt. Ich werde sicher verhört werden. Aber als kleine Sekretärin war ich nur mit den Immobiliengeschäften betraut."

Sabine Schubert lacht dabei diebisch. Sie lehnt sich wieder in den Sessel zurück und nimmt einen Schluck aus dem Glas. Diedrichsen sieht jetzt in die Runde und wird ernster.

„Ich habe jetzt folgendes entschieden! Erstens: Sabine wird unsere neuen Frachtrouten von ihrer neuen Wohnung aus organisieren. Sie wird auch für alle Clubs in Hamburg den Geld-Transfer zu Bank vornehmen. Kontakt zu ihr ist nur über mich möglich. Zweitens: Der *Thai-*

Club wird von Pia geleitet. Drittens: Der *XXL-Club* wird von Tamara geführt. Roman bleibt auch hier. Viertens: Unser Club in Bremen läuft ohne Probleme und da ändere ich nichts. Ich kümmere mich um die Spedition, die jetzt in Finkenwerder offiziell auf Pias Namen läuft."

„Was machen wir mit dem Detektiv?" fragt Tamara in die Runde. „Wir haben seinen Kenntnisstand genau angesehen. Pia hat ja zum Glück alles aus seinem Büro mitgenommen. Von unseren neuen Plänen weiß er aber nichts. Wenn er weiter schnüffeln sollte, müssen wir ihn ausschalten."

Rudi Diedrichsen nickt:

„Behaltet ihn im Auge. Wenn er jetzt nicht Ruhe gibt, stellen wir ihm eine Falle."

Alle stoßen auf die neue Zusammenarbeit noch einmal an. Sie

sitzen noch lange in entspannter Runde zusammen und sehen nun erheblich mehr Ertrag aus den Geschäften mit Drogen aus Südamerika entgegen.

*

Im Büro von Tobias Alff läutet das Telefon. Es ist schon 10 Uhr und er ist erst seit einer halben Stunde dort. Mit dem Kaffeebecher in der Hand nimmt er den Hörer ab und meldet sich geschäftsmäßig.

„Herr Alff", die Stimme bricht und ein Weinen ist zu hören, „mein Mann und sein Vater sind ermordet worden. Man hat meinen Mann in Scharbeutz in einem Hotel tot aufgefunden und sein Vater wurde in seinem Haus erschossen aufgefunden. Auch sein Hausmädchen wurde erschossen."

Es ist Frau Torres und sie weint wieder am Telefon.

„Soll ich heute noch zu Ihnen kommen?" fragt Alff.

„Ja, bitte kommen Sie. Die Polizei war auch schon da und hatte einen Durchsuchungsbefehl. Die haben aus dem Büro meines Mannes fast alles mitgenommen." –

„Ich komme mit meiner Partnerin heute Nachmittag." –

„Ich erwarte Sie."

Es geht auf 11 Uhr zu. Tobias Alff zieht einen Mantel über und eilt mit seinem alten Ford zum Jungfernstieg, um Lara zu treffen. Er parkt am Ende des Ballindamms und geht zu Fuß zum Alsterpavillon. Es beginnt gerade wieder zu regnen. Im Alsterpavillon findet er Lara schnell. Sie sitzt wieder abseits und hat von dort den gesamten Eingangsbereich im Blick. Sie trägt ihre Haare offen. Ihr enger Minirock und die schwarzen High Heels betonen die schlanken Beine. Tobias Alff setzt sich zu ihr.

„Ich habe hier noch einige Fotos im Smartphone. Hast du diese Männer schon Mal gesehen und auch diese Frau hier?"

Alff zeigt Fotos von Lorenzo Torres, von Sabine Schubert und dem einzigen weiteren Mitarbeiter in dessen Büro.

„Diesen Torres habe ich noch nie gesehen. Aber diese Frau war gestern im Club. Im Hinterzimmer waren auch Diedrichsen, Pia und Tamara. Die haben dort gefeiert und ich habe den besten Champagner serviert. Die waren alle bester Laune. Ich glaube, dass die ganze Organisation geändert wurde." –

„Und dieser Mann hier?" Alff zeigt auf den Mitarbeiter im Büro von Torres. Alles Fotos von der Webseite.

„Das ist Nr. 3!" ruft sie aus und hält ihre Hand erschrocken vor den Mund. „Den haben sie erschossen, hab' ich jedenfalls von Tamara gehört, die darüber froh war. Und übrigens, Henry Butt hat Selbstmord gemacht." –

„Und dann gibt es offenbar auch eine Nr. 2?" fragt Tobias nach.

„Ja, von dem ist schon hinter vorgehaltener Hand die Rede gewesen. Aber niemand kennt den!"

Jetzt zeigt ihr Tobias noch ein Foto von Heinrich, ein Foto von der Geburtstagsfeier, auf dem mehrere Personen zu sehen sind.

„Nein, den in der Mitte kenne ich nicht", antwortet Lara nachdenklich. „Aber der hier", sie zeigt auf Dr. Pudelkern, der am Rand des Fotos zu sehen ist, „das ist der Rechtsanwalt der Clubs und bekommt alles gratis, auch die Mädchen. Der war gestern Abend auch da." –

„Hat Marco alles über die Drogengeschäfte gewusst?" –

„Ich glaube, ja. Marco wusste viel und hat die Gefahr unterschätzt." –

„Torres wurde umgebracht, auch sein Vater. Da muss etwas in der Bande passiert sein, ein Aufstand vielleicht. Du hast doch schon erzählt, dass dieser Diedrichsen alles bestimmt."

Lara nippt an ihren Kaffee und zuckt mit den Schultern.

„Das vermute ich nur. Die haben einige Typen in der Führung umgebracht und sich wahrscheinlich neu aufgestellt und Diedrichsen ist jetzt der Boss." –

„Sei vorsichtig!"

Tobias Alff bedankt sich bei ihr und verlässt den Alsterpavillon. Er fährt in sein Büro zurück und hofft, dass Karin schon da ist. Sie erwartet ihn tatsächlich schon und er berichtet ihr von dem Gespräch mit Lara.

„Es gibt noch eine Nr. 2. Die Nr. 3 wurde schon erschossen, Torres und sein Vater haben sie auch umgebracht. Und dieser Anwalt war gestern auch im *XXL-Club* und hat mitgefeiert. Wenn Heinrich Nr. 2 sein sollte, ist er in Gefahr." –

„Und wir sind auch in Gefahr!" ergänzt Karin.

Um 14 Uhr fahren beide zu Frau Torres in den Mittelweg. Frau Torres öffnet sofort. Sie trägt ein langes schwarzes Kleid. Ihr Gesicht ist verquollen vom häufigen Weinen. Immerhin sind der Ehemann und der Schwiegervater ermordet worden. Frau Torres führt beide in das große Wohnzimmer. Sie hat bereits Kaffee vorbereitet und schenkt alle Tassen voll.

„Warum? Ich verstehe das nicht", beginnt Frau Torres und beginnt wieder zu weinen.

„Ihr Mann und wahrscheinlich auch ihr verehrter Schwiegervater waren in gefährliche Geschäfte verwickelt. Und das hat auch mit der Flucht ihrer Tochter Marie zu tun", erläutert Tobias vorsichtig.

„Wissen sie denn Neues von Marie? Haben sie eine Spur?" fragt Frau Torres besorgt.

„Ja, wir haben eine Spur", antwortet Karin, „sie versteckt sich vor den Geschäftspartnern ihres Mannes. Wir wurden auch schon massiv bedroht. Marie lebt! Das können wir in diesem Moment sagen." –

„Ich habe keine Ahnung von den Geschäften meines Mannes. Er handelt mit Immobilien, mehr weiß ich nicht. Als seine Ehefrau hatte ich mich da herauszuhalten. Und hier zu Hause wurden keine Geschäftspartner empfangen, nur gelegentlich der Rechtsanwalt, ein gewisser Dr. Pudelkern, der aber auf mich immer einen seriösen Eindruck machte." –

„Wenn wir Kontakt zu ihrer Tochter bekommen, müssen wir ihr weiterhin ein Versteck anbieten. Gehen sie davon aus, dass gewisse Leute sie umbringen wollen." –

„Was hat sie denn gemacht, dass die hinter ihr her sind?" –

„Sie hat offenbar viele Kenntnisse über die illegalen Geschäfte. Es geht um Drogen und Geldwäsche." –

„Das kann ich kaum glauben. Aber die Polizei hat ja auch hier alles untersucht und mir das auch schon angedeutet." –

Tobias und Karin verabschieden sich bald und fahren wieder in ihr Büro zurück.

Tobias will wieder mit Kommissar Petersen sprechen. Vielleicht gibt er einige Erkenntnisse unter der Hand bekannt.

Im Laufe des Nachmittags besuchen beide im strömenden Regen wieder das indische Restaurant und essen scharf gewürzte Angebote aus der Speisekarte. Als sie um 17 Uhr das Restaurant verlassen, fällt Karin sofort auf, dass ein großer Pickup immer noch in der Nähe des Büros steht. Sie hat immer einen Blick für Auffälligkeiten und geht nie gedankenlos durch die Straßen. Im Fahrzeug sitzt ein Mann.

„Ich glaube, wir werden beobachtet", sagt Karin noch bevor sie das Büro erreichen, „der Pickup stand schon den ganzen Tag dort." –

„Wir tun so, als ob wir das nicht bemerken", erwidert Tobias.

Sie erreichen das Büro. Karin notiert das Kennzeichen vom Pickup und ordnet ihre neuen Notizen in ihrem Laptop. Um 18 Uhr fahren beide in ihre Wohnung, um sich bei dem ungemütlichen Regenwetter noch einen gemütlichen Abend zu machen.

*

Morgens um 6.30 Uhr erscheint die Polizei mit großem Aufgebot und Durchsuchungsbefehl in der Villa Blese am Feenteich. Verena öffnet. Sie hat noch ihren Morgenmantel an und will gerade Frühstück vorbereiten. Heinrich kommt schon angekleidet die große geschwungene Treppe herunter und nimmt Kenntnis vom Anliegen der Polizei. Heinrich ruft sofort Dr. Pudelkern an, der umgehendes Erscheinen zusagt.

„Ist das ihre Unterschrift?" fragt der zuständige Kommissar, der den Einsatz leitet und zeigt Heinrich die Kopie eines

Frachtauftrages. Der Auftrag ist erst 4 Wochen alt und wurde im Büro bei Torres gefunden. Es geht um diverse verderbliche Ware, die von Rio nach Rotterdam verschifft worden ist. Es gibt eine anonyme Anzeige, die mit genauer Kenntnis mit dieser Fracht auch große Mengen an Drogen in Verbindung bringt.

Verena ist total aufgeregt. Die Polizei trägt viele Kisten mit Unterlagen aus dem Büro und verlädt sie in die polizeilichen Lieferwagen. Als der Rechtsanwalt eintrifft, wird Heinrich zum Verhör ins Polizeipräsidium mitgenommen. Dr. Pudelkern fährt mit.

„Welche gemeinsamen Geschäfte gab es mit Lorenzo Torres?" fragt der Kommissar Werner Anhalt im Verhörraum des Polizeipräsidiums.

„Wir haben nur gemeinsam die Container-Verschiffung von Rio und anderen Orten vereinbart. Jeder hat in dem Container eigene Ware, ich zum Beispiel seltene Südfrüchte, Mineralien u. ä. Was Torres verladen ließ, ist mir nicht bekannt. Ich war davon ausgegangen, dass er Holz für Möbelbau liefern ließ." –

„Die gesamte Fracht lautete immer auf ihren Namen. Welches Unternehmen hat den Transport von Rotterdam nach Hamburg besorgt?" -

„Das war die *Inter-Trans Hamburg*. Die hatten das beste Angebot."

Der Kommissar legte ihm jetzt die Kopie der anonymen Strafanzeige vor. Darin werden Torres und auch Heinrich und andere beschuldigt, Drogen in großen Mengen eingeschleust zu haben. Der Kopf des Drogenschmuggels sei Lorenzo Torres gewesen. Der Großvater wird erwähnt und auch Heinrich Blese.

Dr. Pudelkern will zuerst mit seinem Mandanten allein sprechen. Ihnen werden 15 Minuten gegeben.

„Die Anzeige ist von Sabine Schubert. Sie ist die Verräterin. Sie macht jetzt mit Diedrichsen gemeinsame Sache. Die Anzeige sollte nur den bisherigen Hamburger Zweig zum Erliegen bringen", erläutert der Anwalt mit leiser Stimme, „aber sie selbst wird hier nichts von all dem wissen."

„Was ist denn jetzt mit Torres Stieftochter?" –

„Die ist weiter auf der Flucht. Diedrichsen hat seine Motorradgang beauftragt, sie zu finden. Und deine Schwägerin und ihr Detektiv werden langsam gefährlich." –

„Ich will hier nur aus der ganzen Sache aussteigen und künftig nur meine eigenen Geschäfte machen. Also weiß ich von nichts." –

„Die Schubert hat deshalb über dich nicht viel gesagt, damit du a) hier unbeschadet herauskommen kannst und b) sie nicht belastest. Das soll ich dir ausdrücklich mitteilen. Sie lassen dich dann in Ruhe." –

„Gut! Dann machen wir das so." Heinrich ist erleichtert, denn die Hausdurchsuchung bei Torres hat nicht viel gebracht. Sabine Schubert hatte alles vorher vernichtet. Heinrich wird mit dem berühmten blauen Auge davonkommen.

Das weitere Verhör lässt bei dem Kommissar zwar Zweifel zurück, aber es gibt keine Fakten, die für eine aktive Beteiligung von Heinrich an den Drogengeschäften sprechen. Aber gegen Rudi Diedrichsen wird ein Haftbefehl erlassen, da er untergetaucht ist. Sabine Schubert spielt bei der Polizei das Unschuldslamm, weiß immer nur von den Immobiliengeschäften, aber nichts von den Lieferungen aus Rio. Das sei immer das Geschäft ihres Kollegen gewesen, der nun aber leider nicht mehr lebt. Und Verhöre von Pia und Tamara bringen keine neuen Erkenntnisse.

*

Im Büro von Tobias Alff wird es nicht richtig warm. Der Wind steht auf die undichten Fenster der Straßenseite und verhindert, dass sich angenehme Wärme ausbreiten kann. Karin hat deshalb eine dicke Strickjacke übergezogen. Beide sitzen gerade mit einem schönen heißen Kaffee am Schreibtisch. Karin rekonstruiert die letzten Buchungen, die mit dem Einbruchsdiebstahl abhandengekommen sind. Zum Glück ist der Ordner mit den dazugehörigen Belegen noch da. Kurz nach 12 Uhr klingelt das Telefon. Tobias Alff meldet sich geschäftsmäßig.

„Mein Name ist Rita Zimmermann. Ich bin die Leiterin des *Femsport Club*

Langenhorn. Marie ist seit gestern bei mir. Sie hat eine Visitenkarte von Ihnen, traut sich aber nicht anzurufen. Können sie kommen?" –

„Ja, klar, wir – also meine Partnerin und ich – machen uns sofort auf den Weg."

Tobias nimmt seinen alten Ford. Karin sieht sich in der Dorotheenstraße um und kann den Pickup nicht mehr sehen. Sie fahren auf direktem Weg zu dem Sportclub, den Tobias schon einmal besucht hatte. Es dauert fast eine halbe Stunde. Überall stehen sie an den Ampeln. Vor dem Sportclub gibt es einige freie Parkplätze und Karin vergewissert sich, dass auch hier kein Pickup steht. Als sie das Gebäude betreten sehen sie aber nicht, dass zwei schwere Motorräder auf den Parkplatz fahren.

Im Eingangsbereich kommt Frau Zimmermann ihnen schon entgegen. Es ist die Dame, die Tobias damals gesprochen hat. Sie trägt wieder diese knappe Sportkleidung, die ihren gut trainierten Körper sichtbar macht. Mit den sehr kurzen Haaren und ungeschminkt macht sie keinen sehr weiblichen Eindruck. Sie führt beide durch einen großen Trainingsraum, in dem mehrere Frauen an Geräten trainieren, nach hinten in einen Raum, der gemütlich mit kleinen dunkelblauen Sesseln und einen runden schwarzen Tisch eingerichtet ist. Die Wände sind weiß und es gibt diverse Bilder von berühmten Sportlerinnen sowie eine Vitrine mit verschiedenen Pokalen. Marie steht auf und gibt den beiden die Hand. Sie trägt einen hellgrauen Trainingsanzug mit dem Logo des *FemSport Clubs*. Ihre rotblonden Haare hat sie hinten zusammengebunden.

„Marie kann hier sicher einige Tage bleiben. Aber das ist keine Lösung", beginnt Frau Zimmermann, „sie hat immer noch Angst um ihr Leben. Der Mann, bei dem sie sich bisher versteckt hatte, ein Onkel von ihrem Freund, wurde von einer Frau erschossen. Marie konnte knapp fliehen und ist sofort hierhergekommen."

Tobias erzählt ihr, dass ihr Stiefvater und auch der Großvater umgebracht wurden. Die jetzige Führung der Drogenconnection befürchtet, dass Marie zu viel weiß und zur Polizei geht.

Marie wirkt zurückgezogen, aber nicht unbedingt ängstlich. Sie greift sich vom Tisch eine kleine Flasche Mineralwasser und nimmt einen großen Schluck.

„Marco hat mir viel von den dubiosen Geschäften mit Drogen und Geldwäsche erzählt. Er hat das alles ausspioniert. Wir wollten dann zur Polizei und zusammen nach Frankreich abhauen. Aber er war zu unvorsichtig. Und dann sah ich zufällig, wie ihn ein Mann mit monsterähnlichem

Gesicht vor seiner Wohnung zusammenschlug und in einem Lieferwagen mitnahm. Ich ahnte, dass sie ihn zur Spedition bringen würden. Ich bin nachgefahren. Niemand hatte mich bemerkt. Ich kam leise von hinten in den Raum, wo sie ihn zusammenschlugen und sah wie mein Stiefvater von hinten Fragen stellte. Sie haben Marco richtig gefoltert und am Ende umgebracht. Als sie mich sahen, bekamen sie alle einen Schreck und wollten mich greifen. Ich konnte fliehen und war draußen schneller als diese Männer. Ich konnte nicht nach Hause und bin zuerst hierher geflohen und später zu Marcos Onkel in Scharbeutz. Die Sekretärin meines Stiefvaters hat ihn in der Wohnung erschossen." –

„Du bist noch nicht in Sicherheit", klärt Tobias sie auf, „die neue Führung um Rudi Diedrichsen sucht dich weiterhin und sie haben uns schon beobachtet, weil sie hoffen, dass wir dich zuerst finden. Das sind alles gefährliche Leute."

Plötzlich hören sie lautes Schreien aus dem Trainingsraum. Zwei Männer in Motorradkleidung, beide groß und gefährlich kalt aussehend haben gerade den Sportclub betreten und mit einer Pistole die Frauen in eine Ecke getrieben.

„Wo ist diese Marie?" fragen sie laut und herrisch.

Im hinteren Raum hören das alle und Marie wird schnell durch das hintere Fenster rausgelassen. Sie versteckt sich hinter dem Haus bei zwei großen Müllcontainern. Frau Zimmermann schließt das Fenster sofort wieder. Sie greift sich hinter dem Regal einen großen Baseballschläger. Sie stellt sich hinter die Tür. Karin bleibt ganz normal am Tisch sitzen, hat aber ihre Dose Pfefferspray in der Hand. Tobias öffnet nun die Tür und fragt, was los ist.

„So, Detektiv, weg da sonst knallen wir dich sofort ab."

Einer der Männer kommt mit der Waffe in der Hand näher, Tobias hebt beide Hände und weicht zur Seite weg. Die Tür beginnt, langsam zuzufallen. Der Mann stößt die Tür mit Schwung auf und knallt gegen Frau Zimmermann, die dahinter steht. Er sieht hinein, sieht Karin am Tisch sitzen und geht ein Stück weiter in den Raum. Da geht der Baseballschläger hart auf seinen Kopf nieder. Der Mann fällt nach vorn auf den Boden. Karin drückt die Tür schnell wieder zu. Frau Zimmermann schlägt nochmal auf ihn ein, weil er aufzustehen versucht. Und endlich wird er jetzt vom Schlag bewusstlos. Karin nimmt dann schnell die Waffe an sich. Inzwischen hält der andere Mann die Frauen, immerhin 6 Frauen, in Schach und sieht dabei etwas misstrauisch zum hinteren Raum, wo die Tür gerade zufällt. Tobias steht immer noch ganz ruhig mit erhobenen Händen vor der Tür und lässt sich nichts anmerken. Alles bleibt seltsam ruhig und der Mann, der die Frauen im Trainingsraum in Schach hält, wird unruhig. Was ist da in dem Raum passiert? Warum hört er nichts? Er bewegt sich dann vorsichtig seitwärts in Richtung hinteren Raum, ohne die anderen Frauen aus den Augen zu verlieren.

Aber Karin und Frau Zimmermann sind inzwischen auch aus dem Fenster raus und laufen so schnell sie können um das Gebäude an Marie vorbei zum vorderen Eingang. Leise betreten sie den Vorraum mit dem Empfangstresen und schauen vorsichtig durch die lediglich angelehnte Tür in den großen Trainingsraum. Der zweite Mann mit der Waffe steht nun vor der Tür hinten und ruft seinen Kumpel. Gleichzeitig droht er lautstark in den Trainingsraum. Niemand soll es wagen, sich zu bewegen. Er bekommt natürlich keine Antwort.

„Los, Detektiv, mach die Tür langsam auf!" schreit er Tobias an. Tobias stößt die Tür auf und der zweite Mann sieht seinen Kumpel dort der Länge nach auf den Boden liegen.

„Scheiße!" schreit er und weiß nicht was passiert ist. Er schickt Tobias vor sich her in den Raum und steht im Türrahmen. Da ist Frau Zimmermann auf leisen Sohlen schon da und schlägt von hinten zu. Der Mann bricht sofort zusammen und sinkt zu Boden. Karin ist auch zur Stelle und nimmt ihm die Waffe weg. Der Mann dreht sich mit heftigen Stöhnen um und sieht in die Pistolenmündung.

„Komm hoch! Los aufstehen!" herrscht Karin ihn an und droht mit der Waffe.

Frau Zimmermann holt Paketband von vorn und fesselt ihn und den anderen Mann, der immer noch bewusstlos am

Boden liegt Füße und Hände. Kaum dass sie fertig ist, rührt sich auch der Mann am Boden und kommt zu sich. Beide sitzen nun am Boden und können es kaum glauben. Zwei richtig bullige Typen sind hier überwältigt worden. Karin ruft durch das Fenster Marie wieder herein. Zu viert setzen sie sich den beiden Männern gegenüber.

„Wer hat euch Flaschen geschickt?" fragt Karin provozierend und Tobias ergänzt: „Wir lassen euch nicht frei, bevor wir nicht alles wissen!"

Die beiden Männer schweigen. Der erste Niedergeschlagene hat sichtlich große Schmerzen. Immerhin hat er zwei harte Schläge an den Kopf bekommen.

„Das werdet ihr alle noch bereuen!" droht der zweite Mann und macht ein grimmiges Gesicht.

„So, letzte Chance auszupacken!" ruft Tobias laut und Frau Zimmermann hat schon eine Idee mit dem Paketband. Die Männer schweigen. Einer von ihnen spuckt verächtlich aus. Da macht Frau Zimmermann eine Schlinge, legt sie um den Hals und führt das Band von hinten durch die Beine an die gefesselten Hände. Dort wird das Band fest verbunden. Jede Bewegung der Arme würde die Schlinge am Hals zudrücken. Dann bindet sie beide noch auf Abstand an die Heizung an. Die Männer werden in dem Raum zurückgelassen. Die Tür wird von außen verschlossen. Die anderen Frauen bekommen Weisung, nichts davon zu erzählen. Die Männer sollen so weichgekocht werden.

„Marie", ruft Karin ihr nun zu, „wir würden dich gern in Karins Fitnessclub verstecken. Da gibt es einen schönen Raum für dich. Niemand wird dort nach dir suchen. Dann werden wir weiter sehen, ob wir einen anderen Schutz, evtl.

ein Zeugenschutzprogramm erreichen können."

Marie ist einverstanden und nimmt ihre kleine Reisetasche. Sie verabschiedet sich von Frau Zimmermann und dankt ihr ganz herzlich. Dann fahren sie zu dem Fitnessclub, wo auch schon Nora versteckt wurde. Karin richtet den Raum für sie her und besorgt Kleidung und Toilettensachen für Marie.

„Würdest du deine Mutter treffen wollen?" fragt Tobias. „Dann hätte ich eine Idee." –

„Ja, unbedingt." –

„Wir werden deine Mutter mit verbundenen Augen hierher bringen. Sie kann dann auch auf Druck oder Erpressung hin nicht sagen, wo sie war." –

„Ja, eine gute Idee!" findet Marie und ist froh, nun in Obhut von Karin und Tobias zu sein.

*

Abends wird es im Hinterzimmer des *XXL-Clubs* sehr laut. Rudi Diedrichsen ist auf 180, sein Gesicht puterrot angelaufen.

„Wo sind Jan und Herwig? Was ist los? Kann man sich auf niemanden mehr verlassen?" schreit er den Boss der Motorradgang an, der trotzdem ganz gelassen im Sessel sitzt und sich einen Joint dreht. Bolle Holland, so nennt er sich und niemand weiß, ob das wirklich sein Name ist, greift in seine schwarze Motorradkluft und holt ein Sturmfeuerzeug heraus. Er steckt damit den Joint an und nimmt zwei kräftige Züge. Tamara sitzt mit einer hautengen Stretch-Jeans und einem lockeren schwarzen Oberteil, hinter dem sich ihre

Brüste sichtbar bewegen, am Kopfende des Tisches. Sie hat Getränke hinstellen lassen.

„Wann und von wo kam ihre letzte Meldung?" fragt Tamara nun, um etwas mehr Sachlichkeit in das Gespräch zu bringen.

„Um ca. 14 Uhr hat sich Jan gemeldet. Sie fahren unauffällig dem Detektiv nach. Da waren sie aber noch in der Dorotheenstraße. Danach keine Meldung. Um 18 Uhr habe ich versucht, Kontakt herzustellen. Nichts, kein Mucks." Bolle hebt etwas ratlos die Arme.

„Gibt es keine Vermutung, wohin der Detektiv wollte?" fragt Tamara wieder.

Rudi Diedrichsen beruhigt sich nur langsam und auf Klingelruf bringt Lara ihm einen Whisky. Bolle raucht seinen Joint weiter und überlegt eine Weile.

„Das Mädchen war zuletzt in Scharbeutz. Da werden die wahrscheinlich hingefahren sein." –

„Wahrscheinlich! Wahrscheinlich! Mir reichts!" Rudi Diedrichsen wird wieder wütend vor allem über den Gleichmut von Bolle. „Wir müssen diese Schlampe des Detektivs einfangen, dann wird dieser Alff alles ausspucken!"

Tamara ruft dann Dr. Pudelkern an. Der hat ja guten Kontakt zu Nr. 2 und der wiederum zum Detektiv und seiner Freundin. Sie geht mit ihrem Smartphone aus dem Hinterzimmer und hat auch schon den Anwalt am anderen Ende.

„Ich werde Heinrich bitten, uns einige Hinweise zu geben", „verspricht der Anwalt, „ich bin mit ihm ohnehin für heute Abend verabredet."

Tamara beruhigt danach die Gemüter im Hinterzimmer und lässt noch einiges an Getränke auffahren.

*

Am nächsten Tag befreit Frau Zimmermann beide Männer von ihren Fesseln. Drei ihrer besten Sportlerinnen stehen dabei und drohen mit Pfefferspray und einem Baseballschläger. Die Männer haben über Nacht natürlich eingenässt und fühlen sich total unwohl. Sie sind froh, jetzt davon zu kommen und schweigen. Frau Zimmermann führt die beiden raus und schließt hinter ihnen die Tür. Beide setzen ihre Helme auf und fahren mit ihren schweren Maschinen los. Sie wissen noch nicht, was sie erzählen sollen. Die Waffen sind weg, sie wurden hinterhältig reingelegt – oder besser, sie sind in eine Falle geraten, in eine gemeine Falle wie sie nur Frauen ausdenken können.

*

In Karins Fitnessclub wird Frau Torres die Augenbinde abgenommen. Sie steht ihrer Tochter gegenüber und beide fallen sich tränenreich in die Arme. Karin hat Kaffee und Kuchen besorgt und sie verbringen den Nachmittag zusammen. Marie erzählt, wie es ihr ergangen ist, dass Marco ermordet wurde und dass ihr Stiefvater dabei stand und dass er Boss einer Drogenbande war. Und immer noch ist sie in Lebensgefahr. Frau Torres kann das alles kaum glauben. Sie hat von all dem nichts gewusst. Nach zwei Stunden wird Frau Torres mit Augenbinde wieder in den Mittelweg gefahren.

*

In Finkenwerder bei der Spedition treffen die beiden Motorradfahrer Jan und Herwig ein. Rudi Diedrichsen und Bolle Holland sitzen auf alten

Holzstühlen am Küchentisch. Bolle hat seinen Joint angesteckt und Rudi trinkt aus einem großen Becher Kaffee. Pia beeilt sich, den beiden Männern alles recht zu machen. Sie stellt noch diverse Getränke auf den Tisch und Rudi schickt sie dann knurrend aus der Küche.

„Die haben uns eine fiese Falle gestellt!" beginnt Jan und sitzt breit auf einen wackeligen Küchenstuhl.

„Wer hat die Falle gestellt?" tönt es von Rudi laut und ungehalten.

„Also, von hinten", wirft Herwig ein und weiß nicht wie er den Satz fortsetzen soll, „wir wurden von hinten, also hinterhältig niedergeschlagen." –

„Zwei Mann mit Schusswaffen können nicht hinterhältig in eine Falle laufen. Einer sichert immer den Ersten!" belehrt Bolle mit seiner bassigen Stimme.

„Wer hat die Falle gestellt?" fragt Rudi jetzt noch ungeduldiger und haut mit der Faust so hart auf den Küchentisch, dass die Gläser und Flaschen hüpfen.

„Wir waren im *FemSport Club* in Langenhorn", berichtet jetzt wieder Jan, „da war auch dieser Alff. Wir waren sicher, dass auch dieses Mädchen dort wäre, aber sie war nicht da." –

„Und diese Frauen, also die Chefin dort", Herwig versucht alles jetzt zu erklären, „die waren alle gefährlich, jedenfalls von hinten, ich meine hinterrücks oder wie sagt man." –

„Wofür bezahle ich euch überhaupt?" tönt Rudi. „Ist das hier nur ein Haufen von Waschlappen?" Seine Stimme wird lauter und dann steht er auf und lehnt sich mit verschränkten Armen gegen den Küchenschrank.

Bolle hebt die Augenbrauen und die Aussage von Rudi beleidigt ihn und seine Männer.

„Langsam, langsam!" ruft er brummig. „Wir alle haben diesen Alff bisher unterschätzt. Das ist der Grund für die Panne hier. Wir werden uns seine Schlampe mal vornehmen!"

*

Am Tag drauf regnet es ununterbrochen. Ein kalter Nordwind kommt noch dazu. Im Büro des Detektivs sitzt nur Tobias Alff in seinem Ohrensessel und trinkt schon den zweiten Becher Kaffee. Er lässt die Geschehnisse und Erkenntnisse alle nochmal in Gedanken Revue passieren und überlegt, ob Marie noch in Gefahr ist. Zunächst ist sie im Fitnessclub sicher, aber das ist keine Dauerlösung. Die größte Gefahr scheint von dem neuen Boss, also von Rudi Diedrichsen auszugehen. Die Rolle von Sabine

Schubert ist noch nicht ganz klar. Sie macht jetzt irgendwie bei Diedrichsen mit. Tobias Alff schaut auf die Uhr. 16 Uhr! Da wird gleich Karin kommen. Dann überlegen sie noch einmal gemeinsam wie es weitergehen soll.

Karin Ist schon auf den Weg. Sie muss ihren roten Golf weit ab vom Büro parken. Und das bei dem Regen. Sie hat einen Regenmantel über ihr blaues Strickkleid gezogen und müht sich nun mit dem Regenschirm ab, der immer wieder vom Wind überklappt. Mit schnellen Schritten eilt sie dem Büro zu. Plötzlich springt ein Mann mit Motorradkleidung und Helm von vorn auf sie zu. Er stand hinter einen schwarzen Sprinter, den sie jetzt erst wahrnimmt und sofort weiß, dass das ein Fahrzeug von der Spedition ist. Der Mann packt sie von vorn und ein anderer Mann umklammert sie von hinten und von beiden Männern wird sie in den schwarzen Sprinter geworfen. Die Männer steigen auch ein und ziehen die Schiebetür zu. Das war eine Aktion von wenigen Sekunden. Karin hockt auf der Ladefläche hinten und die beiden Männer sitzen auf der zweiten Sitzreihe vor ihr. Der Fahrer gibt Gas und im Nu sind sie unterwegs in Richtung Hafenstraße. Sie parken gegenüber dem schmalen Gang zum *XXL-Club* und greifen Karin sehr brutal an beiden Armen und zerren sie über die Straße in den schmalen Gang. Der Türsteher Roman öffnet die Tür zum Club und die drei Männer, auch der Fahrer ist dabei, stoßen Karin unsanft auf einen der im Barbereich stehenden Sessel. Von hinten erscheint Tamara und kommt auf Karin zu. Sie zieht ihr den Regenmantel weg. Karin lässt alles zu und versucht, cool zu bleiben.

„Wo habt ihr Marie versteckt? Überlege gut, wenn du hier lebend rauskommen willst!" fängt Tamara mit dem Verhör an.

Sie steht drohend vor Karin. Die drei Männer stehen etwas zurück und schauen zu. Tamara trägt ein schwarzes sehr kurzes Kleid, hauteng und schwarze Leggins darunter. Ihre roten Haare sind stramm nach hinten zu einem Pferdeschwanz gebunden. Sie ist als neue Chefin im Club total loyal und schreckt vor nichts zurück. Karin schweigt und hält den Blick von Tamara stand.

„Bringt sie in den Keller!" Ihr Ton ist entschlossen.

Zwei der Männer packen Karin und führen sie die Treppe hinab in einen Kellerraum, in dem es einen Stuhl gibt und ein großes Regal mit allerlei Kartons. Die Männer lassen sie los und stehen drohend und breitbeinig vor ihr.

„Los, zieh dich aus!" herrscht einer sie an.

Karin zögert und da schlägt einer der Männer zu. Er trifft sie mit der flachen Hand im Gesicht und Karin stolpert zurück und fällt nur nicht zu Boden, weil sie sich an die Wand hinten halten kann. Und kaum dass sie dort steht, schlägt er wieder zu. Karin hält ihre Arme abwehrend hoch. Der Mann greift ihren rechten Arm und dreht ihn brutal um. Jetzt schreit sie das erste Mal vor Schmerz. Der Mann zieht über ihre gebeugte Haltung das Strickkleid brutal hoch über ihren Kopf. Mehrere Knöpfe springen dabei ab und mit brachialer Gewalt ziehen sie ihr das Kleid ganz weg. Karin steht in Unterhemd und Slip an der Wand. Der Mann packt sie, dreht sie herum und hält ihre beiden Arme von hinten fest. Der zweite Mann zieht ihr nun den Slip weg und im Loslassen zieht der erst Mann ihr das Hemd über den

Kopf weg, so dass es sogar zerreißt. Jetzt schlägt der Mann sie erneut und so heftig, dass sie zu Boden sinkt und zu weinen beginnt. Der andere Mann zerrt sie vom Boden hoch und drückt sie hart auf den Stuhl. Sie hält beide Hände vors Gesicht und weiß, dass sie diesen Typen total ausgeliefert ist. Sie friert.

„Wo ist diese Marie?" fragt wieder Tamara, die inzwischen auch dazu gekommen ist.

Karin schaut nun hoch und nickt nur. Sie hat jetzt wirklich Angst und ihre Gedanken jagen durch ihren Kopf. Soll sie alles verraten? Tobias und sie haben vor längerer Zeit mal vereinbart, dass kein Auftrag so viel Wert ist wie das eigene Leben. Aber gibt es noch eine andere Lösung? Tamara kommt näher heran und greift an Karins Hals.

„Ein Wink nur von mir und die Männer hier dürfen mal deinen schönen Körper genießen. Die haben schon richtig Lust darauf. Also, rede jetzt!"

Tamara steht drohend vor ihr. Einer der Männer öffnet bereits seine Hose. Karin weiß. Das ist immer die Methode in diesen Kreisen. Wenn sie die Frau erst gedemütigt haben, macht und sagt die alles. Aber Karin fiebert innerlich nach einer Lösung.

„O. k., ich mache einen Vorschlag", beginnt sie, „ich rufe auch noch meinen Partner hierher und ihr holt Rudi Diedrichsen dazu und dann schlagen wir euch einen Deal vor." –

„Du stellst hier die Bedingungen? Ich glaube, die Männer sollten noch einige Male zuschlagen und dann lasse ich euch im Keller allein." –

„Hör zu! Ihr wisst nicht, was wir über euch und eure Geschäfte inzwischen wissen. Wir wissen auch, was Marie weiß. Und wir, also mein Partner und ich, wie haben kein Interesse daran, euch auffliegen zu lassen. Aber dafür ist alles vorbereitet, wenn mir oder meinem Partner was zustoßen sollte. Ihr verliert nichts, wenn wir das in Ruhe bereden, heute noch." Karin sagt dies so eindringlich und mit Überzeugung, dass Tamara nachdenkt.

„Aber wir rufen deinen Partner an und ich versuche Rudi zu erreichen. Ist in deiner Handtasche eine Visitenkarte?" –

„Ja, im Außenfach." –

Tamara findet die Visitenkarte und auf ihr Zeichen verlassen alle den Kellerraum. Die Tür wird abgeschlossen und Karin wartet nackt und frierend, aber mit einem Funken Hoffnung. Hauptsache Tobias lässt sie reden. Sie hat eine Idee und legt sich inzwischen einige Dinge zurecht.

Tobias Alff bekommt einen Riesenschreck, als eine Männerstimme ihn in den *XXL-Club* bittet. Und wenn er nicht kommt, wird es seiner Partnerin schlecht gehen. Sie haben alle schon große Lust, sie mal so richtig ranzunehmen. Tobias sagt, dass er in einer Stunde kommt.

Inzwischen schreibt Tobias so schnell er kann die wichtigsten Erkenntnisse zusammen:

Den neuen Boss: Rudi Diedrichsen, den neuen Standort seiner Spedition in Finkenwerder, die Rolle der Sabine Schubert und die Geldwäsche über die drei Nachtclubs. Und was Marie weiß.

Er faxt die zwei Seiten sofort an den Notar Dr. Burgenhausen und ruft ihn zugleich an:

„Hallo Rolf! Wir sind in großer Gefahr. Karin wurde entführt und ich muss gleich in diesen *XXL-Club*. Mein Fax enthält viele Daten, die für die Polizei interessant wären. Wenn mir oder Karin …" Tobias

342

stockt und Burgenhausen antwortet sofort:

„Ich weiß Bescheid. Gerade wurde mir dein Fax gereicht. Ich hoffe, das hilft euch."

Tobias Alff ist erleichtert, aber wegen Karin in großer Anspannung. Er zieht seine Lederjacke über und fährt mit seinem alten Ford Mondeo durch den Regen in die Hafenstraße. Es ist kurz nach 20 Uhr, als er eintrifft. An der Tür tastet Roman ihn ab, ob er auch keine Waffe dabei hat. Dann lässt er ihn durch. An der Bar steht Lara in einem kurzen durchsichtigen Netzkleid und zwei Tänzerinnen beginnen gerade, ihre Akrobatik an der Stange vorzuführen, weil schon drei ältere Herren gekommen sind und genüsslich zuschauen. Im Gastraum läuft ein weiteres Service-Mädel mit einem Tablett zu den neuen Gästen und bringt frisch gezapftes Bier. Lara sieht ihn mit großen staunenden

Augen an und winkt ihn dann nach hinten. Hinter einem roten Vorhang führt der Gang zu dem Hinterzimmer. Tamara öffnet gerade die Tür und winkt Tobias herein.

Am Tisch sitzt Rudi Diedrichsen mit versteinerter Miene. Er hat vor sich ein großes Glas Bier stehen. Am Ende des Tisches sitzt Karin. Sie durfte nur ihr blaues Strickkleid überziehen. Ihre Unterwäsche haben die Männer zerrissen. Vor ihr steht ein Glas Mineralwasser. Rudi Diedrichsen gegenüber sitzt Tamara und sie bittet Tobias den Platz neben ihr an und damit auch direkt gegenüber. Er darf sich vom Tisch eine Flasche Bier nehmen.

„So, ihr beiden wollt mir einen Deal vorschlagen", beginnt Rudi Diedrichsen und sieht Tobias an, „und ich bin kein Unmensch, wenn ihr mich nicht reinlegen wollt." –

„Ihr braucht doch das Mädchen, diese Marie nicht mehr. Sie weiß nur, was vor der Änderung eurer Struktur Sache war. Sie kann nur die belasten, die schon tot sind. Aber wir wissen mehr!" Tobias macht eine kleine Pause und alle schauen gespannt zu ihm. Dann macht Karin weiter:

„Wir haben nur den Auftrag, Marie zu finden. Wir wollen eure Geschäfte nicht auffliegen lassen. Echt, wir sind nicht die Polizei. Aber wenn uns hier etwas passiert oder der Marie, kommen unsere ermittelten Erkenntnisse ans Licht." –

„Und darauf sollen wir uns verlassen? Nur auf deine schönen Augen?" antwortet Diedrichsen mit rauer Stimme und sieht Karin dabei an.

„Marie hat der Polizei nur Namen genannt, die alle schon tot sind außer Sabine Schubert. Sie war dabei, als die Schubert Marcos Onkel erschossen hat.

Marie kennt eure früheren Frachtlinien. Aber die gibt es nicht mehr. Die neuen Linien kennen wir und auch den neuen Standort hier in Hamburg. Und wir wissen alles, was und wer Nora alles angetan hat."

Tobias hat sich dabei auf den Tisch gestützt und Rudi Diedrichsen angesehen. Jetzt lehnt er sich wieder in den Sessel zurück und nimmt einen Schluck Bier aus der Flasche *Astra Rotlicht*. Diedrichsen nimmt auch einen Schluck Bier aus seinem fast leeren Bierglas.

„Es ist doch in eurem Interesse, wenn niemand eure neuen Strukturen und Namen verrät!" ergänzt Tobias noch.

Diedrichsen klingelt den Barbetrieb herbei und sofort erscheint Lara und sieht ihn an.

„Bring mir noch ein Bier und für alle", er schaut in die Runde und niemand winkt ab, „einen Helbing."

Lara beeilt sich und im Hinterzimmer sagt eine Weile niemand etwas. Es ist an Rudi Diedrichsen zu antworten. Der Ball liegt sozusagen bei ihm. Aber er denkt noch nach. Lara erscheint und stellt ein großes Glas Bier vor Rudi Diedrichsen hin und verteilt vier kleine Gläser mit eiskaltem *Helbing*, den berühmten Hamburger Kümmel.

„Ich habe schon gehört, dass ihr total ausgebuffte Typen seid und euer eigenes Ding macht. Das gefällt mir", beginnt Diedrichsen ganz ruhig mit seiner dunklen bärigen Stimme, „und was schlagt ihr mir nun konkret vor?" –

„Wir geben dir unser Wort, niemanden unsere Ermittlungsergebnisse bekannt zu geben. Wir schnüffeln auch nicht weiter bei euch. Ich sagte schon. Wir sind nicht die Polizei und auch nicht deren Spitzel. Wir arbeiten ja selbst oft genug in gewissen Grauzonen. Ihr lasst uns und Marie dafür völlig in Ruhe. Für uns ist die Sache dann erledigt."

Tobias führt das sehr entspannt aus und greift zum *Helbing*. Erhält das Glas Hoch und fragt:

„Werden wir uns einig?" –

„Dann Prost!" kommt es zustimmend von Rudi Diedrichsen und alle trinken den *Helbing* in einem Zug.

„Welche Sicherheiten gebt ihr uns denn?" fragt nun Tamara in die Runde und Karin lehnt sich nach vorn, sieht Tamara direkt an und stützt ihre Arme auf den Tisch:

„Wenn wir uns nicht an unser Wort halten, werdet ihr uns doch jagen! Welche Chance haben wir zu zweit dann? Wir müssen uns doch auch auf euer Wort

348

verlassen, sonst können wir doch überhaupt nicht ruhig schlafen!" –

„Mir wäre wohler, wenn wir euch bei uns einbinden könnten." Diedrichsen sagt das so wie ein Gedankenspiel. Karin denkt, dass das so ein kleiner Test ist. Er ist noch misstrauisch.

„Wenn wir uns zu dem Vorschlag die Hand geben können, verschwinden wir aus eurem Bereich. Ich bleibe ein kleiner Privatdetektiv. Du siehst, wir wollen nicht mehr von euch. Ich möchte hier heute mit Karin den Club verlassen und sicher sein, dass wir alles ruhen lassen." Tobias macht nun bewusst einen entschlossenen Eindruck und dann ergänzt er noch:

„Aber ob Sabine Schubert auch dann noch zu euch steht, wenn sie wegen Mordes verurteilt wird und lebenslang in den Knast muss, das weiß ich nicht. Sie hat schon die früheren Aktivitäten und

Personen verraten. Wenn ich ehrlich zu euch bin, ist die viel gefährlicher als wir es sind."

Karin bekommt einen kleinen Schreck wegen dieser Worte, die ja fast eine Anstiftung zum Mord sind. Aber es stimmt, die Schubert ist eiskalt und sie wird sich wegen Mordes verantworten müssen. Sie ist neben Heinrich, wenn er Nr. 2 war, die Einzige aus der früheren Riege, die alle neuen Geschäfte und illegalen Verbindungen kennt.

Rudi Diedrichsen will sich noch mit Tamara beraten und bittet Karin und Tobias, eine Weile an der Bar zu warten. Beide nicken und gehen aus dem Hinterzimmer in den Barbereich und setzen sich auf einen der Barhocker vor den Tresen. Lara fragt nach Getränkewünsche und beide bestellen bei ihr ein kleines Bier. Nahe dem Eingang sitzen zwei Männer der Motorradgang und beobachten die beiden interessiert. Im Barbereich sind inzwischen weitere Gäste angekommen und die beiden Tänzerinnen an den Stangen haben jetzt alle Hüllen fallen gelassen. Die Musik ist auch etwas lauter geworden.

Dann winkt Tamara beide wieder zurück in das Hinterzimmer. Alle setzen sich. Rudi Diedrichsen klingelt Lara herbei:

„Den besten Schampus und vier Gläser!" ruft er ihr nur zu und sie eilt wieder zum Tresen. Karin ist erleichtert. Das ist ein gutes Zeichen und sie müssen jetzt auch den Schlussakkord mitmachen. Lara kommt schnell zurück und reicht dem Diedrichsen die Flasche *Möet* und stellt allen ein Glas hin. Diedrichsen öffnet die Flasche mit energischem Drehen und einem Knall. Er selbst schenkt allen ein und setzt sich wieder.

„Also, ich mache den Deal mit euch!"
sagt er ganz ruhig und hebt sein Glas. Alle
stehen auf und schauen auf ihn:

„Ja, wir stoßen darauf an. Ich denke, dass
das ein guter Deal ist. Ihr habt Ruhe vor
uns und wir können uns auf unsere
Geschäfte konzentrieren. Davon gehe ich
aus und ihr wisst, dass ich auch anders
kann." –

„Ich habe darauf gesetzt, dass du ein
Pragmatiker bist", erwidert Tobias, „wir
jedenfalls werden uns an unser Wort
halten!" –

„Schick die Männer weg!" ruft
Diedrichsen Tamara zu und meint die
beiden von der Motorradgang. Sie geht
sofort raus und gibt die Weisung weiter.
Danach leeren die Vier im Hinterzimmer
entspannt die Flasche Champagner. Um
ca. 22 Uhr verabschieden sich Karin und
Tobias mit festem Handschlag von Rudi
Diedrichsen und Tamara.

Sie fahren zuerst in ihre Wohnung und Tobias öffnet erleichtert einen guten Chianti. Beide entspannen sich und sind froh, diesen wenn auch zweifelhaften Abschluss erreicht zu haben. Morgen werden sie Marie und ihre Mutter informieren. Es bleibt nur eine geringe Gefahr von Sabine Schubert. Aber die wird sich an Weisungen von Rudi Diedrichsen halten, jedenfalls vorläufig. Und sie wird binnen Kurzem verhaftet werden und wohl gleich in U-Haft gehen.

*

Einen Tag später:

Marie kehrt zu ihrer Mutter zurück. Sie ist froh, alles überstanden zu haben. Frau Torres erhöht aus Dankbarkeit von sich aus das restliche Honorar für Alff.

*

Drei Tage später:

Sabine Schubert wird in ihrem Sportwagen erdrosselt auf der Parkpalette bei den Landungsbrücken gefunden. Zeugen haben zur vermuteten Tatzeit nur zwei Motorräder gesehen, die schnell davon fuhren.

*

Rudi Diedrichsen bleibt auf der Fahndungsliste der Polizei. Er ist abgetaucht und niemand weiß etwas. Heinrich wird in Ruhe gelassen, nachdem Dr. Pudelkern mit Rudi Diedrichsen einen besonderen Deal verhandelt hat. Heinrich wird weiterhin von nichts wissen und jährlich 10.000 Euro an Pia überweisen – für einen guten Zweck – wie es heißt.

*

Karin und Tobias machen zwei Wochen Urlaub auf Gran Canaria und genießen die Sonne mitten im kalten Hamburger Winter. Es hat in Hamburg zu schneien angefangen und Karin telefoniert vom Rande des Hotel-Pools mit Marie und erfährt, dass die Familie plant, nach Italien zu Verwandten der Torres zu ziehen.

Bibliografische Information der Deutschen Nationalbibliothek: Die Deutsche Nationalbibliothek verzeichnet diese Publikation in der Deutschen Nationalbibliografie; detaillierte bibliografische Daten sind im Internet über dnb.dnb.de abrufbar.

© 2020 Uwe Harm
Herstellung und Verlag: BoD – Books on Demand, Norderstedt
ISBN: 978-3-7519-4422-9